Touareg,
la tragédie

Ouvrage publié sous la direction de
Jacques LANZMANN

Mano DAYAK

Touareg, la tragédie

Avec la collaboration de Michael STÜHRENBERG
et de Jérôme STRAZZULLA

Lattès

LA TRAGÉDIE

Je m'appelle Mano Dayak, et le vieil Ebayghar, un nomade, un sage de chez nous, prétend que c'est moi qui vais trouver la source. Quelle drôle d'histoire ! Ebayghar parle toujours ainsi, en images. Pour lui la source, signifie la renaissance, le grand réveil des Touareg. Un beau rêve. Mais pour ce qui est de ma part à cette noble quête, je pense que le vieux l'a aimablement exagérée. Il faudra plus d'un Touareg pour y réussir.

Ebayghar a de l'affection pour moi. Quand j'étais enfant, avant l'indépendance du Niger, je fuyais souvent l'école nomade. Alors je courais me cacher dans le campement d'Ebayghar. Lui et moi, nous partagions la même opinion sur la valeur des choses, et plus précisément sur le fait que le désert pouvait m'apprendre infiniment plus que l'école des Français.

L'école l'a pourtant emporté à la fin. Mais Ebayghar ne m'en tient pas rigueur. Je suis resté son préféré. Parce que des souvenirs nous unissent, et aussi, peut-être, parce que j'ai quelque peu réussi dans ce monde extérieur si difficile à comprendre pour les nomades. « Temet », l'agence de voyages que j'ai fondée au début des années quatre-vingt, a connu un grand succès. Des milliers de touristes français, italiens, allemands, américains et autres, ont découvert le Ténéré grâce à nos guides et chauffeurs touareg. L'argent que tous ces amoureux du désert ont laissé a profité à notre peuple, notamment au moment de la terrible sécheresse de 1985.

Voilà pourquoi le vieil Ebayghar surestime mes capacités. « C'est toi, Mano, qui vas trouver la source ! » Cela s'est passé il y a deux ans, avant que n'éclate la rébellion touarègue dans le Sud saharien. Par une belle nuit sans lune, Ebayghar et moi campions sur les dunes d'Arakao qui se jettent, telle une mer mouvementée, contre les falaises noires de l'Aïr. Arakao ou la Pince de crabe, comme l'appellent les Français, est un endroit magique. Plusieurs personnes y ont déjà vu le diable. Elles en sont devenues folles.

Mais Ebayghar qui a près de cent ans, qui a tout vu et qui connaît tout, est toujours sain d'esprit. Les amulettes qu'il porte accrochées à son cou le protègent. Il en a une bonne vingtaine, de nombreux gris-gris fabriqués par les marabouts : protections contre la maladie, la malchance, l'envie et la jalousie sans oublier ce que le vieux appelle l' « indifférence des femmes ». Et, bien sûr, contre les Kel Essouf, les mauvais esprits, et leur patron, le diable dont le nom ne doit jamais être prononcé. Si Ebayghar l'a vu, il ne le dira pas.

Cette nuit-là pourtant, nous avons parlé du diable.

Non pas de celui aux yeux de braise qui aime s'attaquer aux nomades éloignés de leurs campements. Mais d'un autre, beaucoup plus puissant, celui qui a su transformer notre paradis d'antan, le désert touareg, en enfer terrestre. Diable perfide qui, pour faire croire à la justice de notre damnation, se cachait sous des noms savants : soumission, pacification, colonisation, décolonisation, désertification et autres variations de la misère.

En évoquant ces fléaux, Ebayghar cachait ses traits derrière le taguelmoust, ce voile que portent les hommes touareg par pudeur et par dignité. Notre éducation nous interdit de nous plaindre, de faire étalage de nos faiblesses. Ainsi Ebayghar parlait d'une voix monotone et dissimulait les sentiments que son visage aurait pu trahir. Mais au-dessus du voile perçait son regard. Il exprimait toute la détresse de notre peuple.

La manière la plus triste de parler de son malheur est d'évoquer le bonheur révolu, passé à jamais. Ebayghar avait connu l'époque de l'abondance, les temps bénis des riches pâturages qui permettaient aux familles de se fixer longtemps aux mêmes endroits, de se déplacer le moins possible.

Ceux qui ne nous connaissent pas imaginent souvent les nomades comme d'éternels touristes se promenant au gré de leurs désirs. Bêtises ! Le nomadisme, c'est le désert qui l'impose. Dans nos contrées, il y a peu d'eau, donc peu de pâturages. Pour nourrir les bêtes qui nous nourrissent, nous devons les suivre dans leurs transhumances le long des oueds. Autrement, on préférerait rester, se reposer un peu plus. Monter et démonter un campement est un travail pénible.

Dans les années cinquante, Ebayghar n'avait pas besoin de souvent déménager. C'était un homme heureux, un « amajagh », encore un homme libre, en dépit de la colonisation. Pour l'essentiel, les Français le laissaient en paix. Lui et tous les autres nomades de l'Aïr possédaient d'importants troupeaux de chèvres et de chameaux. Après la saison des pluies, ils participaient aux grandes caravanes qui partaient pour les salines de Bilma et de Fachi à travers l'immense désert du Ténéré. Les caravaniers transportaient leur chargement vers le sud, au pays des Haoussas pour l'échanger contre du mil qu'ils rapportaient ensuite à leurs familles dans les campements.

Le voyage du sel durait trois mois. C'était une dure épreuve. La caravane pouvait être attaquée par des bandits. Elle pouvait aussi se perdre dans les tempêtes de sable ou par la faute d'un mauvais amanar, d'un guide inexpérimenté. Et puis, il y avait ces nuits glaciales dans le Ténéré. Parfois le froid empêchait les chameaux de dormir; ils criaient leur douleur jusqu'au matin. Faute d'avoir récupéré, ils se fatiguaient vite et mouraient d'épuisement avant la fin du voyage.

Pour les Touareg, la caravane reste une chose importante. Moins maintenant sur le plan économique, car le commerce caravanier a énormément souffert du découpage du Sahara en différents États et des politiques menées depuis les indépendances. Mais comme symbole, comme type de nos valeurs, la caravane continue à représenter le défi que lance l'homme courageux à son environnement hostile.

Face au désert, le Touareg n'a pas le droit de se

montrer faible. D'ailleurs, qui écouterait sa plainte? Qui le sauverait sinon ses propres trésors de courage et d'endurance? Tous les Sahariens, qu'ils soient toubous, saharouis ou touareg, possèdent ces mêmes qualités humaines car ils doivent se plier à d'identiques contraintes naturelles.

Cela est vrai, nous ne devons pas nous plaindre. Le « ashak », notre code de la digne conduite, nous l'interdit. Mais il est vrai aussi que l'angoisse et la peur existent, qu'elles surgissent sous d'autres formes, à l'occasion d'anecdotes racontées avec sourire et ironie.

Ebayghar me dit un jour comment un de ses cousins avait participé à une caravane qui s'était perdue dans le Ténéré. Quand les hommes eurent fini de boire toute l'eau de leurs guerbas, ils se mirent à égorger les chameaux pour boire leur sang. Ils retrouvèrent la piste au bout de trente jours, et presque autant de bêtes avaient été sacrifiées. Mais les hommes avaient survécu.

Des milliers d'histoires qui se racontent autour du feu, la nuit dans les campements, mettent en garde contre nos ennemis. Du temps de la jeunesse d'Ebayghar, les femmes étaient nos oracles. Lorsqu'une caravane tardait à rentrer aux campements, les Touarègues, vêtues de leurs habits de fêtes et parées de leurs plus beaux bijoux, s'étendaient sur les tombes préislamiques, ces tumulus de pierre qu'on trouve dans l'Aïr. Dans leur sommeil, elles recevaient les présages des anciens. Elles voyaient les dangers qui guettaient la caravane. Parfois elles rêvaient que les hommes ne reviendraient pas. Jamais. Que nos ennemis nés, comme nous, du désert, nous tueraient.

De tout temps, la caravane a été une épreuve ouverte à tous ceux qui se sentent le courage de l'affronter. Chez les Touareg, le métier de caravanier n'existe pas. Quand vient l'époque d'aller chercher le sel de Bilma, chaque famille détache de son cheptel quelques chameaux et envoie des hommes pour joindre le convoi. Un Touareg peut partir dix fois, vingt fois, trente fois. Cela lui confère de l'expérience et l'estime des autres. Mais jamais il ne sera considéré comme un caravanier de métier. L'activité fondamentale reste l'élevage, le petit nomadisme d'un point d'eau à l'autre, de pâturages en pâturages, ou, s'il s'agit des sédentaires comme les Kel Ewey qui habitent l'oasis de Timia, le jardinage et l'agriculture.

Autrefois, quand il ne partait pas en caravane, Ebayghar se reposait dans son « ehan », sa belle case de nattes de palmes tressées dans l'oued du Zagado, une vallée qui se trouve dans l'est de l'Aïr, pas loin des dunes de Chiriet. Et quand il s'était assez reposé, il chassait la gazelle et l'addax, cette magnifique antilope aux immenses cornes en spirale.

La chasse se pratiquait à plusieurs. A dos de chameaux de course et accompagnés de leurs sloughis, les lévriers du désert, les Touareg traquaient la bête avant de la tuer d'un coup de lance. Le soir, les hommes mangeaient la viande fraîche autour du feu. Après, ils parlaient. Jusqu'au bout de la nuit, ils partageaient le thé et leurs rêves de pluies sans fin.

De tout cela ne restent que les souvenirs d'un vieillard au visage buriné par les vents de sable et d'une vie devenue plus dure au fil des années plus maigres.

Ebayghar vit toujours avec sa tribu, les Kel Tadélé, les gens du bord, comme on les nomme parce qu'ils habitent en frontière de l'Aïr et du Ténéré. Mais aujourd'hui, ils végètent aussi au bord de la misère. Le Seigneur de l'enfer doit les exécrer.

De tous ses noms, le diable, quand il s'acharne sur les Touareg, pourrait élire un seul : l'Histoire. N'est-ce pas elle qui nous condamne ? Il y a un siècle et demi, nous régnions encore en maîtres sur le Sahara central, respectés et craints de tous. Aujourd'hui, si ce n'est pas la haine que nous inspirons aux autres, c'est la pitié.

En un instant, l'Histoire a fait de nous un peuple déchu. Elle nous déteste. Parce que, précisément, nous n'en avons pas. Le peuple touareg est un peuple sans Histoire. Cela, nous ne le savions pas car nous ne le pensions pas. Nous, comme tous les autres peuples, nous avons toujours cru posséder une histoire.

Seulement, la nôtre est orale. Elle se transmet de bouche à oreille, de génération en génération. Autant dire qu'aux yeux des autres nous avons peut-être une mémoire, mais pas une histoire. Car nous ne l'avons pas fixée, couchée sur le papier, en volumes dorés, reliés ou diffusée en livres de poche.

Du coup, notre histoire, ce sont les autres qui l'ont écrite pour nous, et à nos dépens. Elle leur appartient. Je me rappellerai toujours cet ouvrage qui, vers la fin des années soixante, m'apprit que les « hommes bleus » n'avaient été que des pillards et d'impitoyables esclavagistes avant que la colonisation ne délivre le Sahara du joug touareg. J'en avais été plus que surpris. Ebayghar et les autres « auteurs » de notre histoire orale ne m'avaient jamais dit que les Touareg étaient les voyous du désert.

Comme c'est étrange de s'apprendre par les autres. Un douloureux plaisir réservé à ceux d'entre nous qui furent happés par l'école nomade. Mes frères pasteurs, dont le perpétuel voyage ne dépasse jamais les limites de leur oued, ne connaissent donc toujours pas leur Histoire, celle avec un grand H puisqu'elle est imprimée. Eux ne sont que des « kel tamasheq », les gens qui parlent tamasheq, qui n'écrivent que le tefinagh, et encore seulement sur le sable. Une littérature vite effacée par le vent.

Tout ce qui a été écrit à notre sujet, concernant notre histoire, n'est pas mauvais, loin de là. Les premiers voyageurs européens à s'aventurer dans le cœur du Sahara aimaient trop le désert pour complètement détester les Touareg. Mais leurs témoignages ne furent pas très tendres pour nous. Ils parlaient surtout des rezzous et de notre hostilité à leur égard.

Il faudrait pourtant essayer de voir la chose des deux côtés. Les Européens du XIXe siècle, qui se lançaient dans l'aventure saharienne, se considéraient comme des pionniers. Ils l'étaient peut-être aux yeux de l'Europe. Et encore. D'autres les avaient précédés vers la fin du Moyen Age, des commerçants italiens, portugais, espagnols et surtout arabes. Depuis des siècles déjà, les caravaniers arabes traversaient le Sahara avec la facilité de l'habitude. Du grand Sud, ils rapportaient marchandises et rumeurs dont certaines faisaient état des fabuleuses richesses d'outre-désert : ivoire et or, bien sûr, mais aussi plumes d'autruche et esclaves.

Certainement, l'attrait du butin explique la volonté qu'eurent les puissances coloniales d'assujettir le désert. La conquête de l'Afrique s'étant opérée d'abord par les côtes – Côte d'Ivoire, Côte d'Or, etc. – il fallait essayer de relier ces territoires par les chemins les plus directs. Pendant longtemps, les Français ont rêvé à la construction d'un chemin de fer transsaharien, moyen de domination totale, tel celui installé par les Anglais avec *l'East African Railway* qui courait du lac Victoria à l'océan Indien.

Avant de nous envoyer ses marchands et ses militaires, l'Europe expédia ses scientifiques en éclaireurs. Surtout des géographes qui ne supportaient plus cette grande tache blanche qu'était le Sahara sur leurs cartes. Ces explorateurs étaient des hommes extraordinaires, dotés d'un grand courage et d'une bonne part de folie. Le « premier » à réussir sa traversée fut un jeune Allemand du nom de Hornemann. Il partit du Caire en 1798 pour atteindre, deux années plus tard, les rives du fleuve Niger où il mourut rongé par la maladie et oublié de l'Occident.

Beaucoup d'autres ont suivi Hornemann, parmi eux les Anglais Clapperton et Laing, et le Français Caillié. Presque tous se plaignirent d'avoir été attaqués par les « hommes bleus ». Mais à quoi s'attendaient-ils donc ? Depuis le début de la colonisation sur les côtes, nous savions assez ce que voulaient les Européens.

Pour les Touareg, un de ces grands voyageurs

compte plus que d'autres : l'Allemand Heinrich Barth. Vu d'Europe, c'est lui qui nous a un peu « découverts » tel Christophe Colomb les pauvres Indiens d'Amérique. Parti de Tripoli en mars 1850 pour le compte de l'*African Society* de Londres, Barth arriva dans l'Aïr six mois plus tard, puis, le 10 octobre, à Agadez, où il obtint la protection du Sultan. Ainsi Barth devint le premier Européen à faire la connaissance du monde touareg.

L'explorateur allemand était un esprit fin et, de surcroît, un bon observateur. Ce qu'il a écrit sortait des habituels mythes et fantasmes. Parmi les centaines de pages qui composent son journal de voyage, j'ai toujours préféré celles qui décrivent l'Aïr. Tout naturellement car j'y suis né. Mais en comparant mon savoir natif avec ce que Barth a vu, je me demande parfois s'il s'agit du même pays. Barth parle d'une flore et d'une faune extrêmement riches et en grande partie disparues aujourd'hui.

Les guépards, par exemple. Barth les appelait les « léopards », en notant qu'ils « abondent ». De toute ma vie, j'en ai vu un seul. De même, Barth constatait que « le lion sans crinière est fort répandu dans les parties les plus inaccessibles de la contrée ». J'aimerais bien pouvoir en dire autant aujourd'hui. Mais le lion, je ne le connais que par les souvenirs de ma mère. Ne m'a-t-elle pas raconté comment autrefois – dans les années trente, j'imagine –, les gens de son campement allumaient des feux, secouaient des calebasses remplies de cailloux pour faire fuir les lions.

Les girafes aussi ont disparu. Les dernières ont été

aperçues dans l'Azawagh, à l'ouest de l'Aïr, vers 1955. Gazelles et autruches se sont faites plus rares, mais reviennent encore quand les pluies le permettent. Les antilopes addax, si nombreuses du temps béni d'Ebayghar, n'atteignent plus la centaine. La plupart de ces animaux ont fui la désertification progressive de l'Aïr, accélérée par les terribles sécheresses des trente dernières années. En arrivant chez mes ancêtres, Heinrich Barth a trouvé une nature généreuse qui n'existe plus.

Henri Duveyrier, un autre nom qui compte beaucoup pour nous, a séjourné chez les Touareg du Tassili des Ajjer en 1860. Il devint l'ami personnel d'Ikhenoukhan, le chef de la confédération ajjer. Le jeune Français se prit d'une grande sympathie pour ces tribus nomades. Ce fut un sentiment réciproque. Les Touareg protégèrent leur hôte contre les musulmans de Ghat et lui ouvrirent grandes les portes de leur univers. Après son voyage, Duveyrier écrivit le premier ouvrage important entièrement consacré aux Touareg.

La compréhension dont faisait preuve Duveyrier à l'égard du monde saharien est remarquable. La meilleure illustration en est ces quelques mots que j'ai recopiés il y a une bonne vingtaine d'années déjà : « L'étude complète de toute société humaine est inséparable de celle du milieu habité, car souvent les conditions de l'existence, la raison des mœurs sont fatalement subordonnées à la loi des nécessités de la nature. » On ne peut mieux dire.

Attaqué par la presse française pour ses sympathies pro-touarègues après le massacre de la mission militaire Flatters dans le Hoggar, Henri Duveyrier se suicida à

Sèvres en avril 1892. Avec sa mort, les Touareg perdirent un de leurs rares amis en une époque troublée des relations entre Français et Touareg.

A part Barth et Duveyrier, les Européens insistaient surtout sur ce qui leur paraissait être le côté féroce et sauvage des Touareg. Cette image est pour le moins incomplète, sinon radicalement fausse. Elle nous présente comme des bandits de grand chemin seulement capables de harceler les autres. Pareilles descriptions faisaient de nous les pirates sans foi ni loi de ce désert si souvent comparé à un océan.

« Souvent en querelle entre eux et en hostilité pour ainsi dire permanente avec leurs voisins », put écrire le linguiste français Hanoteau, un contemporain de Duveyrier, « ils [les Touareg] font à ces derniers une guerre de ruse et de surprise, où tout l'honneur est pour celui qui sait le mieux tomber à l'improviste sur l'ennemi et lui enlever ses troupeaux. La gloire ne se mesure pas à la résistance vaincue, mais à la richesse du butin et à l'adresse avec laquelle on a trompé la vigilance de son adversaire ». Voilà l'image touarègue qui a prévalu.

Il est vrai que les Touareg ont toujours été farouches. Mais pour comprendre notre attitude face à la vie et aux autres, il faut d'abord expliquer comment nous en sommes arrivés à habiter cet univers inhospitalier qu'est le désert. En fuyant d'autres invasions et pressions le long des côtes méditerranéennes où se trouve notre berceau berbère. Quand les Touareg s'installèrent dans le Sahara central, ils se renfermèrent sur eux-mêmes, cherchant protection dans les massifs de basalte noir du Hoggar, de l'Aïr, et de l'Adrar des Iforas. Ils se sentaient menacés par les Arabes au Nord et les empires noirs du Sud. Leur réaction naturelle fut de méfiance, de défense permanente. A cette époque, le monde était plongé dans le désordre, sans exception. La seule chose qu'on puisse alors reprocher aux Touareg, c'est d'avoir été militairement plus forts que les autres.

En temps de guerre, le vainqueur prend son butin. Les Touareg faisaient fréquemment des prisonniers qu'ils ramenaient avec eux au campement. Mais, par la suite, ces esclaves s'intégraient dans les familles touarègues. Ils étaient traités pratiquement de la même manière que les autres. Leurs enfants grandissaient avec les enfants des maîtres. Et quand ils avaient acquis un petit capital, un cheptel, ils partaient souvent de leur côté, en hommes libres.

Certes, on peut nous reprocher d'avoir imposé aux serfs le travail le plus dur, les corvées qui consistaient à garder le troupeau ou aller chercher l'eau du puits. Nous avons aussi levé un impôt sur les caravanes des marchands d'esclaves qui passaient par nos terres. Mais les Touareg n'ont jamais pratiqué la traite des Noirs. Cela reste l'apanage des Arabes et des Européens.

En fait, les « iklan », comme nous les appelions, étaient davantage des domestiques que des esclaves. Leurs descendants sont les Touareg de peau noire qu'on trouve parmi nous aujourd'hui. Voilà pourquoi, pour nous désigner nous-mêmes, nous préférons le nom de « kel tamasheq » – ceux qui parlent la langue tamasheq – à celui de « imajaghran », qui désigne les nobles de peau claire, car notre hiérarchie sociale est loin d'être aussi rigide qu'on a pu le prétendre. Les Touareg sont moins une race qu'une communauté de gens appartenant à une même culture véhiculée par une même langue.

Le thème de l'esclavage a été utilisé et continue de l'être pour attiser la haine des gens du Sud contre nous. Les politiques sévères qu'ont adoptées les administrations du Niger et du Mali à l'égard des Touareg ne représentent qu'une suite de vengeances. Ils nous en veulent, nous parlent encore et encore de ce passé où ils étaient les serviteurs et nous les maîtres. Mais plus personne ne reproche aux Européens d'avoir jeté des Noirs, vendus par les Noirs eux-mêmes, comme du bétail dans les cales des bateaux à destination des Amériques.

L'Histoire, ce diable! L'idée que les Français, les futurs maîtres du Sahara, se faisaient de nous vers cette fin de siècle devait beaucoup à la néfaste mission Flatters. En 1880, le colonel Flatters fut envoyé par ses supérieurs explorer les régions par lesquelles devait passer le chemin de fer transsaharien. Échouant dans leur première tentative, Flatters et ses hommes durent rebrousser chemin avant d'atteindre le Hoggar.

Le corps expéditionnaire de la seconde mission tomba sur des guerriers touareg en février 1881, quelque part au nord du Hoggar. Les militaires français et leurs guides chaamba, des nomades du Nord saharien, qui étaient ennemis héréditaires des Touareg, furent littéralement massacrés. Les Touareg occupaient les puits et empoisonnaient les vivres destinés à l'ennemi, le désert faisant le reste. Puis, ils les achevaient. A ma connaissance, il n'y a eu que quatre survivants, tous chaamba, aucun français.

Du côté touareg, le responsable de cette boucherie s'appelait Ahitagel. C'était l'amenokal, le chef des Touareg du Hoggar. Farouchement anti-français, Ahitagel avait décidé que la mission Flatters, à ses yeux plus militaire que géographique, ne devait en aucun cas réussir à traverser le massif du Hoggar. Sinon, disait-il, les Français allaient suivre en masse. En cela, il n'avait pas tort. De plus, les Touareg étaient au courant du projet transsaharien, et ils n'étaient pas naïfs au point d'ignorer que le chemin de fer aurait ruiné le commerce caravanier et par là toutes les communautés de la région.

Parmi les participants de la première mission Flatters, il y avait un officier qui tenait un carnet de voyage. Je ne sais pas si cela correspondait à sa tâche officielle ou bien s'il s'agissait d'un journal privé. Toujours est-il que l'homme a laissé de nombreuses pages publiées par la suite et décrivant le Touareg tel qu'il est entré dans la légende française :

« ... [Ils] sont de haute taille, vigoureux, souples, d'allure énergique. Ils portent pour tout vêtement un pantalon et une blouse de cotonnade rouge ou bleue serrée à la taille ; sur leur poitrine est une sorte d'écharpe blanche, recouverte d'un large baudrier de cuir rouge supportant une cartouchière de même matière ; leur tête est coiffée d'une chechia, entourée d'une bande d'étoffe sombre qui recouvre le front, tandis que le bas du visage est caché sous un voile noir, qui ne permet d'apercevoir que leurs yeux. Tous sont armés d'une longue lance en fer barbelé, qui ne les quitte jamais, d'un poignard de bras et d'un sabre à deux mains; le long de leur selle, pend un fusil double et un bouclier en cuir d'antilope.

Ainsi équipés, montés sur leurs mehara, qu'ils dirigent avec une facilité et une sûreté remarquables, ils ont l'air véritablement imposants, et rappellent les chevaliers du moyen âge; leur aspect d'ailleurs n'est rien moins que rassurant, et lorsqu'on les a vus, on comprend le respect mêlé de crainte qu'ils inspirent aux Chaamba, et les légendes dont ils sont les héros. Au dire de nos gens, un Targui, d'un seul coup de sabre, coupe en deux dans toute leur hauteur un cavalier et sa monture; il peut rester, dit-on, cinq jours sans boire, quand le plus déterminé Chaamba ne peut endurer la soif plus de trois jours. »

Cette description, certes flatteuse, exagère à peine nos qualités de guerriers. Mais ces mots trahissent la perspective de celui qui les a écrits : celle d'un étranger rencontrant sur le chemin du désert des créatures qui ressemblent à des chevaliers médiévaux si ce n'est à des Martiens. Certains nous perçoivent toujours ainsi, en éternels hommes bleus, seigneurs du désert, sauvages, fiers et irascibles. Les militaires nigériens et maliens, qui nous combattent aujourd'hui, nous traitent même de « peaux rouges ».

La débâcle de la mission Flatters eut pour effet de retarder notre colonisation d'une vingtaine d'années.

Le chemin de fer transsaharien échoua aux archives du ministère des Colonies, classé au rayon des projets utopiques. Les généraux de l'Empire refusaient de sacrifier davantage de soldats à la conquête d'un territoire jugé sans valeur, car il ne recélait aucun des fabuleux trésors imaginés par les écrivains du Siècle des Lumières.

Cependant, tôt ou tard, les Français devaient repartir à l'assaut du Sahara. C'était inscrit dans la logique de l'époque, et il ne sert à rien de s'en offusquer aujourd'hui. Je pense que, si les Africains avaient eu les moyens de conquérir l'Europe, ils l'auraient fait également sans sourciller. La nature humaine est ainsi faite. Quand il y a quelque lopin, quelque butin à prendre, on y va de gaieté de cœur, le jeu des armes passant toujours avant l'éthique. Nous, Touareg, parlons en connaissance de cause. Les rezzous furent notre façon d'observer cette loi universelle de la nature : ce que tu peux avoir pour toi, pourquoi le laisser aux autres ?

Aussi, disons-le franchement et une fois pour toutes : les Touareg ont souffert de la colonisation. La domination française a bouleversé notre monde. Elle a provoqué l'effondrement de notre société traditionnelle en précipitant l'aristocratie dans la misère et l'humiliation, l'empêchant désormais de nourrir ceux qui dépendaient d'elle. Et, pour finir ou plutôt pour achever, les Français nous abandonnèrent à la vengeance de ceux qui, au temps des colonies, s'étaient montrés plus soumis, plus dociles, plus malléables que nous.

Mais de là à dire que nous blâmons les colonisateurs de tous nos maux, il y a un pas, un abîme que nous ne franchirons jamais. Les Français nous ont vaincus sur le champ de bataille. Nous admirons toujours la vaillance, la bravoure de nos ennemis. Leurs officiers manifestèrent de nombreuses preuves de leur courage, de leur maîtrise tactique. Et leurs récits témoignent du respect qu'ils éprouvèrent eux aussi pour nos guerriers touareg.

Donc, qu'il en soit ainsi. Les Français, nous les aimons. Non pas en dépit de nos conflits passés, mais, au contraire, grâce à toutes ces batailles qui nous ont permis de mesurer la grandeur de nos ennemis. La colonisation ? Oui, nous en avons souffert. Non, nous ne nous en plaignons pas. La plainte déshonore surtout celui qui l'émet. Elle maintient dans l'immobilisme. En ce sens, beaucoup d'intellectuels africains nous ont enseigné une triste leçon. En excusant trop souvent les fautes et les tares des jeunes États du continent par l'héritage de la colonisation, ils ont cautionné une attitude de bras croisés et de main ouverte.

Non, je n'accuse pas notre colonisateur, du moins pas en bloc. A sa place, nous aurions fait de même. Ou pire, qui sait ? Seulement, il subsiste ce regret de n'avoir jamais pu écrire notre Histoire. Moins par amour des livres que par souci de la dignité. Ce qui est pour nous d'une extrême importance. Les Touareg préfèrent perdre la vie plutôt que leur dignité. Et l'Histoire écrite par les autres ne s'embarrasse pas d'une telle nécessité. Il faudra qu'un jour surgisse un vrai historien touareg qui traduise notre histoire orale en histoire écrite. D'ici là, moi je continuerai à résumer l'histoire de livres étrangers.

L'Histoire. Nombreux en sont les chapitres dont les Touareg dans leurs oueds n'ont jamais rien su. Les anciens de l'école nomade comme moi l'ont apprise dans les manuels, mais plus tard, bien des années après l'école. Nos instituteurs et professeurs ont préféré nous enseigner celle des Gaulois, des Romains, de Louis XIV et de toutes ces batailles qui ont eu lieu sur le sol européen, de Waterloo à Stalingrad, bien loin de nos sables et de nos solitudes. Nos guerres à nous, seuls les vieux les racontaient autour du feu. Quand les autres les mentionnaient, ils les appelaient toujours rezzous et pillages.

Parlant de pillages, me revient la Conférence de Berlin en 1882 et la convention du 5 août 1890, qui définit les zones d'influence anglaise et française. Des événements historiques dont nous n'avions jamais entendu parler ne serait-ce que par ouï-dire. Pourtant, la célèbre conférence nous concernait au premier degré. Elle régla officiellement la question du partage du continent africain entre les puissances coloniales. Le Sahara fut attribué à la France, sous forme de « zone d'influence »; après le massacre de la mission Flatters on pouvait difficilement considérer nos territoires comme occupés. Le pays touareg attendait encore sa « pacification ».

Les choses sérieuses commencèrent en 1898. L'opinion publique, en France, n'acceptait toujours pas de nouvelles aventures guerrières dans le Sahara : les militaires montèrent une gigantesque expédition « scientifique » pour réussir là où le colonel Flatters avait échoué dix-huit années plus tôt. Une caravane composée de plusieurs centaines d'hommes, de 1 100 chameaux, partit le 23 octobre 1898 d'Ouargla dans le Nord saharien en direction du lac Tchad, donc sur les traces mêmes du pauvre Flatters. Elle était conduite par Ferdinand Foureau et le commandant Lamy.

Cette caravane-là passa. Bien sûr, elle fut attaquée par les Touareg, harcelée sans cesse. A l'arrivée à Agadez, la mission Foureau-Lamy avait perdu presque tous ses chameaux. Mais elle était passée. Pour la première fois, un détachement de l'armée française avait pu franchir le Sahara central.

En novembre 1899, le capitaine Pein, qui avait été chargé d'escorter un géologue du nom de Flammand en mission d'observation sur le plateau du Tademaït et du Tidikelt, saisit le prétexte d'une embuscade touarègue pour prendre In-Salah. Selon la version officielle, Pein n'avait pas eu l'intention d'occuper ce point stratégique et il fallait donc y voir un « hasard ». Drôle de hasard! Ce fut, en fait, le début de la conquête militaire du plus grand désert du monde. Nos ennuis allaient commencer pour de bon, la France se trouvant alors aux portes du pays touareg.

La pacification du peuple touareg reste en grande partie l'œuvre de Laperrine. Commandant du Territoire des Oasis, du Nord donc, il se dota, à partir de 1902, d'une arme efficace : les Compagnies sahariennes, composées de guerriers nomades chaamba adaptés à la vie dans le désert. On s'engageait pour deux ans renouvelables avec l'obligation de fournir un chameau de bât et un méhari – un chameau de course.

L'Empire procurait armement, solde et encadrement par des officiers français.

La bataille de Tit, à une vingtaine de kilomètres au nord de Tamanrasset, décida de l'occupation définitive du Sahara central. Il existait dans l'armée française un farouche désir de revanche sur ceux qui avaient massacré la mission Flatters. Le succès de la colonne Foureau-Lamy n'avait pas suffi à calmer les esprits. Nombreux étaient ceux qui voulaient en découdre avec les Touareg.

L'occasion leur en fut donnée par le rezzou mené par Baba ag Tamaklast. Ce qui, au départ, n'était qu'une bagarre entre « indigènes » devint rapidement un conflit généralisé avant de provoquer, en 1904, la soumission de tous les Touareg du Hoggar au commandant Laperrine. C'est dire l'importance de la bataille de Tit. Je vais donc la raconter en détail sachant que les mémorialistes du désert aiment les récits de combat et de bravoure.

Une autre raison m'incite aussi à m'attarder sur l'histoire de la bataille de Tit. Elle dispose de deux sources, française et touarègue, qui se complètent sans se contredire. Le récit touareg fut recueilli par le Père Charles de Foucauld dont la présence à Tamanrasset dès 1905 devait favoriser selon Laperrine, « l'apprivoisement » des nomades.

Tout commence donc avec un Touareg nommé Baba ag Tamaklast, bandit, voyou, homme sans honneur qui, un jour de 1902, vole les chameaux d'un certain Mohamed Ben-Msiss. Ce dernier, de mère touarègue et de père chaambi, travaille comme interprète pour les militaires français stationnés à In-Salah.

Après ce premier pillage plutôt coutumier, Baba et ses hommes s'en prennent une seconde fois aux biens de Ben-Msiss. Ils mettent la main sur un troupeau de chameaux qui, cette fois-ci, est gardé par la sœur de la victime. Non content de ce nouveau vol, les bandits fouettent la jeune bergère, avant de s'enfuir dans le désert.

Qui connaît les Touareg, comprendra la gravité du crime commis par Baba. S'attaquer à une femme est considéré comme le plus vil des méfaits, le déshonneur total. Dans nos campements, si un homme frappe sa femme en public, la communauté prononce habituellement le divorce et l'expulsion du coupable. Dans pareil cas, la femme garde les enfants et le troupeau. Exercer sa violence sur une femme est un crime abject.

L'interprète Ben-Msiss ne pense donc plus qu'à une chose, à sa vengeance légitime contre l'infâme Baba. En quelques jours, il rameute tous ses amis chaamba pour organiser un contre-rezzou. C'est alors que les militaires français d'In-Salah ont une idée saugrenue. Étant constamment freinés dans leurs projets belliqueux par les autorités de Paris et d'Alger, ils mettent à la tête de l'expédition punitive un officier colonial, le lieutenant Cottenest. Sans consultation préalable du Gouverneur général d'Algérie qui n'apprendra l'aventure que bien plus tard.

Accompagné de 130 Chaamba, Cottenest quitte In-Salah le 23 mars 1902. A chacun de ces guerriers nomades, les Français ont remis un fusil automatique

Lebel plus 120 cartouches de munition. Au moment du départ, ils ont dix-neuf jours de retard sur le pillard Baba.

Le 20 avril, Cottenest campe au pied de la Garet el Djenoun. Il est persuadé que les Dag Rali, une tribu touarègue de la région, le soutiennent. Ses agents de renseignements lui apprennent vite le contraire. Le lieutenant déclarera plus tard : « Les Dag Rali nous trompaient. Ils se rassemblaient pour la lutte. Ils battaient le rappel dans tout le centre et l'est du Hoggar, et Baba ag Tamaklast, sous la protection de Mohamed ag Othmane, noble des Kel Rela, en faisait tout autant parmi les nobles et les Issakmaren campés dans l'est du Hoggar. »

Baba a réussi à mettre les Touareg de son côté, à transformer son aventure calamiteuse en « cause touarègue ». Pour Cottenest et ses Chaamba, faire demi-tour est exclu. Leur contre-rezzou se trouve déjà trop engagé dans le cœur du massif. Ils décident donc de poursuivre l'expédition.

Le 25 avril, la troupe arrive à Idélès : « Nous pénétrons à pied au milieu de sept à huit maisons en argile, une quinzaine de zéribas (cases en nattes), d'une trentaine de palmiers et de quelques cultures travaillées par une quinzaine de harratines (les serviteurs) du Tidikelt. »

Dans une résidence dite Aïtagel, ils découvrent des objets ayant appartenu à la mission Flatters. « C'était probablement dans cette maison dont le propriétaire est mort en 1900 que fut perpétrée l'infâme trahison du 16 février 1901 », écrit Cottenest. Il fait raser l'endroit et élever à sa place un monument sommaire à la mémoire des soldats morts au combat.

Le 28 avril, le groupe arrive à Tazrouk déserté par ses habitants qui ont rejoint Baba ag Tamaklast et son protecteur Mohamed ag Othomane. Les poursuivants restent deux jours dans le village. En fouillant les demeures, ils trouvent d'autres vestiges misérables de la mission Flatters : un gant, une demi-vareuse.

Cottenest décrit le paysage et, à travers lui, ses habitants : « Aucun massif de montagne ne se détache et ne peut être remarqué au milieu de l'effroyable chaos de gara et de collines rocheuses qu'est le Hoggar. Aucune culture, aucune plante, quelques maigres pâturages dans le lit des oueds... Une nature aussi spéciale exige certainement une race spéciale et doit forcément lui donner des mœurs et des instincts particuliers. La vie de nomades errants et pillards est le lot obligatoire des Touareg du Hoggar sur cette terre. L'âme plutôt froide de nos goumiers (soldats Chaamba) était sensible à cet état de choses et nous comprenions tous en même temps combien devaient être forts des hommes courageux derrière de pareilles barrières. »

Cottenest reprend la traque le 30 avril. Ses hommes marchent après le lever de la lune, pas plus de quarante kilomètres par nuit. Les chameaux ont les pieds en sang et les goumiers font les deux tiers du trajet à pied. Le 3 mai, ils perdent les traces du rezzou, dispersées aux quatre points cardinaux. L'expédition semble devoir s'arrêter là.

Cottenest décide de rebrousser chemin. Le 4 mai, ils sont à Tararouaout. Une patrouille rapporte que des

Touareg campent à sept kilomètres de là, divisés en trois groupes de 120, 90 et 60 méharistes. « Nous continuâmes notre marche de retour vers le Tidikelt, sentant que nous étions entourés et surveillés de tous côtés. »

Le 6 mai, ils arrivent à Tamanrasset. Cottenest apprend que les Touareg sont désormais au nombre de 300, qu'ils se trouvent sous le commandement de Mohamed ag Othmane et attendent le meilleur moment pour attaquer. L'affrontement est désormais inévitable.

Le 7 mai, Cottenest quitte Tamanrasset pour atteindre Tit en début d'après-midi. Ses éclaireurs découvrent les 300 hommes armés cachés dans un oued voisin. Il est 16 heures. « Les patrouilleurs continuent à raconter ce qu'ils ont vu et leurs impressions diverses quand à 800 mètres environ, venant de l'est, sort de l'oued une troupe de 300 Touaregs montés. »

Cottenest, qui a déjà envoyé son avant-garde et son flanc de garde à l'avant, ne peut plus songer à les rappeler. Il place les 70 hommes qui lui restent sur une colline plus élevée que les autres. Les Touareg continuent d'avancer, en un groupe compact, poussant des cris en arabe et en tamasheq, des cris de guerre, les cris de ceux qui se sont préparés à mourir. Ils tireront les premiers.

« Tous sont à peu près armés de la même manière, note Cottenest. Ils ont, à notre grande surprise, presque tous un fusil. Ce sont des hommes de grande taille, de démarche imposante, qui vont droit devant eux avec un réel mépris du danger. »

Les Touareg essaient d'encercler le groupe de

Cottenest. Ils se réfugient derrière les rochers et commencent la fusillade de manière sporadique. Puis, ils ajustent le tir et visent le lieutenant français. L'interprète est tué net d'une balle dans la tête. L'ordonnance, à son tour, est blessé au poumon. Cottenest fait ralentir le feu, car ses hommes ont déjà brûlé la moitié de leurs munitions. Il est 16 h 30.

A 16 h 45, un Touareg qui a pu s'approcher met en joue Cottenest. Mais un des soldats a vu le mouvement. Il se jette au-devant. La balle lui traverse la main gauche avant d'atteindre Cottonest à l'épaule droite.

A 16 h 50, les deux pelotons, envoyés à l'avant et qui ont fait demi-tour au bruit de la fusillade, contre-attaquent. Les Touareg sont pris entre deux feux : « Un flottement très visible se produit sur la ligne des Touareg dont le feu se fait de plus en plus lent. Nous nous précipitons sur eux, les chassons de notre convoi après un corps à corps des plus acharnés; des armes se brisent sur des crânes, des crosses sont fendues par des coups de lance, des coups de feu à bout portant enflamment les vêtements. Les Touareg succombent enfin et prennent la fuite. »

Cottenest les poursuit à pied jusqu'à 18 h 30. Un petit détachement est chargé de continuer la chasse; il ne reviendra qu'à 20 heures après avoir tué 22 Touareg et pris chameaux et armes. Le lieutenant français dénombre 3 morts et 10 blessés dans son propre camp. Les Touareg ont laissé 93 tués et de nombreux blessés. Cottenest constate que des traînées de sang sur le sol marquent les traces des fuyards.

Pendant toute la nuit, une pluie violente tombe

sur les vainqueurs et les vaincus de ce triste champ de bataille du Hoggar. L'oued de Tit devient un torrent. Le lendemain, 8 mai, Cottenest reprend la route d'In-Salah qui se trouve à six cents kilomètres. En chemin, il rencontre Laperrine venu aux nouvelles. La colonne victorieuse atteint In-Salah le 23 mai 1902.

Voilà pour le premier récit du combat de Tit, fondé entièrement sur des témoignages français, principalement le rapport du lieutenant Cottenest. Comme on le sait, ce sont les vainqueurs qui écrivent l'Histoire. La nôtre, en ce qui concerne l'époque de la « pacification », fut donc rédigée en grande partie par des officiers méharistes. Une source intéressante, parfois inexacte, jamais neutre.

Il suffit de se rappeler l'exemple du sinistre capitaine Sadoux qui, en 1917, fit fusiller 207 Touareg des Kel Denneg. L'Histoire, celle de Sadoux, a retenu qu'il s'agissait de dangereux rebelles surpris et vaincus par un valeureux capitaine. D'après nos anciens, notre pauvre histoire orale, cette version est complètement fausse, inventée, fictive. Tous les témoignages touareg concordent pour dire que les 207 fusillés étaient des nobles désarmés offrant leur soumission aux Français. Sadoux les fit passer par les armes. Le valeureux capitaine ne fut qu'un boucher.

Pour en revenir aux événements de Tit, je pense que le récit de Cottenest pèche à la fois par omission et par exagération, afin de dorer et redorer le blason des vainqueurs. Il a omis de préciser que les fusils touareg mentionnés avec tant d'insistance, étaient des armes vétustes, à un seul coup, en rien comparables aux fusils automatiques dont les Français avaient équipé les Chaamba. Cottenest a donc amplifié la puissance de feu de l'ennemi ainsi que le nombre de Touareg portant un fusil. Non, ils n'avaient pas « à notre grande surprise presque tous un fusil ». Pour la plupart, il s'agissait de combattre, takouba ou lance à la main, contre des balles tirées en rafales.

Sinon, comment expliquera-t-on que des guerriers décrits par Cottenest lui-même comme courageux aient été battus à plate couture ? Pour chacun des trois morts chaamba, il y a eu plus de trente tués du côté touareg. Les « seigneurs du désert » devinrent-ils subitement de piètres combattants ? Curieusement, le rescapé touareg qui racontera son histoire au Père de Foucauld, ne parle à aucun moment d'une « fusillade », c'est-à-dire d'un échange de tirs au feu nourri. Voici comment il relate les événements :

« L'Ahaggar avait appris que les infidèles étaient entrés à Tazrouk, pillant et tuant. Les Kel Ahaggar (ceux du Hoggar, à savoir les Touareg) se rassemblèrent sous Aheléheg. Les Chrétiens (il n'y en avait qu'un seul, tous les autres étant des Chaamba musulmans) vinrent à Tarouaraout, puis s'en allèrent pour se rendre à Tamanrasset. Ils avaient pris la piste qui monte, passant par Nezzemet, en aval de Ti-n-Gellet. Les Kel Ahaggar empruntèrent le chemin de Téhé-n-esawad.

Quand ils furent près de Tamanrasset, ils virent les Chrétiens qui brûlaient le blé dans les jardins. Certains proposèrent : Allons-nous-en ! Nous les attaquerons cette nuit ! D'autres s'y opposèrent. Ils marchèrent de nuit et couchèrent à Aganar, sous la montagne. Les infidèles quittèrent Tamanrasset au point du jour et se dirigèrent sur Tit, suivant la piste des caravanes. Les Kel Ahaggar prirent le chemin qui remonte la vallée d'Outoul et suivirent la vallée d'Asan. Les ennemis descendirent celle de l'Amessara.

Quand les Kel Ahaggar parvinrent à Ablal nemekhleyenmiden (le grand rocher), les adversaires se trouvèrent face à face. Les Infidèles firent accroupir leurs chameaux, les rassemblant à l'abri d'un amoncellement de rochers. Les Kel Ahaggar arrivaient, chargeant l'ennemi. Les Chrétiens ouvrirent le feu : les chameaux tombaient, les hommes tombaient.

Lorsque les Kel Ahaggar parvinrent près des chameaux des Infidèles, ces derniers grimpèrent sur les rochers. Une partie des Touareg s'abrita derrière les blocs. Les Dag Rali et quelques autres foncèrent sur les Chrétiens qui ouvrirent le feu sur eux. Si bien qu'un grand nombre de Touareg périt. Ce sont les Dag Rali qui ont eu le plus de pertes. Les Kel Ahaggar étaient vaincus.

Les Infidèles les poursuivaient en leur tirant dessus. A ce moment, il se mit à pleuvoir. Les Chrétiens revinrent auprès de leurs montures baraquées. Les Kel Ahaggar étaient entièrement dispersés. Les Chrétiens rassemblèrent les chameaux et les armes des Kel Ahaggar. Les cultivateurs de Tit enterrèrent les morts touaregs. – Si tu prends le chemin autour de Tit, tu verras de tous les côtés des tombes en grand nombre. »

Personnellement, je crois à la profonde ressemblance entre la pacification du Sahara et les guerres indiennes menées par les conquistadores en Amérique du Sud ou les colons en Amérique du Nord. La supériorité technologique et logistique des conquérants l'a emporté sur les haches, les flèches, les sabres, les lances et le courage des indigènes.

Pendant mon séjour aux États-Unis, au début des années soixante-dix, il m'a été donné de lire *Burry my Heart at Wounded Knee*, l'histoire de ces guerres racontée, pour la première fois, à partir de témoignages d'Indiens. Un livre poignant et fort, explosif aussi, car il ébranlait d'un seul coup la bonne conscience des Blancs fondée sur leur monopole de l'Histoire. Après le succès du livre, on en tira un très beau film *Little big man*, qui marqua profondément l'opinion.

Telle est notre attente, qu'un de nos jeunes Touareg ayant fait des études recueille systématiquement la tradition orale des campements pour la comparer aux récits faits par les officiers méharistes français. Ce livre-là, il nous le faut. Pour que nous redevenions enfin maîtres de notre histoire, pour que l'Histoire avec un grand H cesse d'être démoniaque.

Après la défaite de Tit, Attici, l'Aménokal des Kel Ahaggar, fut désavoué par les Touareg. Ceux-ci n'avaient guère le choix, les Français exigeant l'élection d'un nouveau chef afin d'inaugurer l'ère de la collaboration. Alors que le nouvel Aménokal, Moussa ag Amastane, se présentait comme un « ami » des Français, les derniers résistants du Hoggar s'exilèrent. Beaucoup d'entre eux allaient rejoindre Kaocen, le chef de la grande rébellion touarègue qui ébranla l'Aïr en 1916/1917 – Kaocen qui écrivit les pages les plus glorieuses de notre histoire.

Mais l'Aménokal Moussa lui aussi a laissé des souvenirs. Le vieil Ebayghar m'a raconté comment, pendant la révolte de l'Aïr, les Français étaient assistés par des « traîtres », des Kel Ahaggar. Leur Aménokal les avait envoyés piller et tuer chez les Touareg du Niger car ces derniers continuaient à refuser la soumission acceptée et signée par Moussa, au nom des siens, en 1904 à In-Salah.

Si j'insiste sur l'exemple de Moussa, c'est parce que cet homme symbolise une de nos tares fondamentales : la désunion et, par là, l'affaiblissement par soi-même, l'instrumentalisation par les autres. Les Touareg restent les ennemis les plus redoutables des Touareg.

En ce sens, nous sommes les véritables Kurdes de l'Afrique. J'ai appris avec grand intérêt l'histoire tragique de ce peuple dont le pays, comme le nôtre, a été divisé, partagé, dépecé par d'autres. Maintes fois, les Kurdes ont été les victimes de la violence et de la tromperie de ceux qui les gouvernent et oppriment. Mais leurs éternelles querelles intestines ont causé autant de désastres. Dire que, pendant la première guerre du Golfe, des Kurdes d'Iraq ont combattu pour l'Iran alors que leurs frères en Iran en faisaient autant pour le compte de l'Iraq, qu'ils se sont donc entre-tués les uns les autres pour le plus grand bénéfice d'autrui, reste une chose affligeante.

Les Touareg ont souvent commis le même péché.

Il existe certes un sentiment national qui veut ignorer les frontières, qu'elles soient nigériennes, maliennes, algériennes ou libyennes. Mais il subsiste aussi trop d'ambitions personnelles, trop de jalousies, trop d'égoïsmes. Les dissidences au sein de la rébellion touarègue qui éclata au Mali en 1990, me chagrinent beaucoup. Avions-nous vraiment besoin de quatre organisations rivales pour défendre une seule cause ?

Sans parler de certains notables touareg du Niger achetés par le pouvoir au prix de promotions médiocres, de privilèges mesquins en échange de leur silence sinon de leur collaboration aux brimades et massacres perpétrés à l'encontre de leur propre communauté. Si nous ne cessons pas ces pratiques déshonorantes, la désunion creusera la tombe des Touareg. Nos ennemis, aussi divergents que puissent paraître leurs intérêts, conserveront toujours cet avantage : d'être soudés contre nous par la haine.

Les colonisateurs français qui nous ont vaincus n'étaient pas non plus tous d'accord entre eux. Mais ils ne se combattirent pas pour autant les uns, les autres. Une fois cependant, ils n'en furent pas loin. Après la soumission des Kel Ahaggar, Laperrine souhaitait réaliser la jonction entre le Sahara algérien, se trouvant sous son commandement militaire, et le fleuve Niger. Jonction qui nécessitait évidemment une harmonisation des politiques touarègues. Ce projet provoqua le mécontentement des hautes autoritées de l'Afrique Occidentale Française (A.O.F.) basées à Dakar. L'A.O.F. comptait bien garder la haute main sur les zones touarègues du Sud saharien, notamment l'Aïr et l'Adrar des Iforas.

L'animosité entre l'A.O.F. et le Gouverneur général d'Algérie, duquel dépendait Laperrine, se doublait d'autres rivalités : celle existant entre les troupes d'infanterie de marine d'un côté et la cavalerie de l'autre, ainsi que la lutte d'influence qui, en métropole, opposait le ministère des Colonies, coiffant l'A.O.F., au ministère de l'Intérieur responsable des affaires algériennes.

Ce désordre dans les ambitions coloniales se cristallisa de manière pathétique et ridicule lors d'un incident qui eut lieu en 1904 au fin fond du désert. Dans un endroit nommé Timiaouine, le commandant Laperrine, désireux de se rendre à Tombouctou, se vit barrer la route par le capitaine Theveniaud. Ce dernier lui interdit formellement d'entrer en A.O.F. Les deux officiers manquèrent d'en venir aux armes.

La querelle montra aux Français la nécessité de définir des frontières à l'intérieur de leur propre empire colonial. En 1905, une commission interministérielle décida qu'il fallait une ligne de partage entre l'Algérie et l'A.O.F., qui comprenait alors l'actuel Mali et le Niger. Chose faite en juin 1909, lorsque la Conférence de Niamey établit de manière complètement arbitraire des frontières qui sont encore les nôtres aujourd'hui.

A partir de là, la transhumance des nomades devint une affaire diplomatique franco-française. L'accord de Niamey stipule que, « lorsque les conditions climatiques obligeront les habitants de l'Ahaggar à descendre vers le Sud pour assurer la subsistance de leurs troupeaux, le commandant du territoire du Niger sera saisi d'une demande d'autorisation ». Beau langage de chancellerie qui dépassait les connaissances linguistiques de nos bergers. Ceux-là savaient à peine dire « bonjour » en français. A leurs yeux, les frontières n'avaient aucun sens. Des deux côtés de cette ligne fantaisiste, il n'y a qu'un seul et même désert.

Ce fut à ce moment, je pense, que les grands esprits de l'Empire commençèrent à écarter toute éventualité d'un futur État touareg. Bien sûr, personne en ce début de siècle ne pensait sérieusement à une quelconque indépendance africaine, mais encore moins à celle des Touareg qu'à celles des autres.

« Le bloc touareg est une utopie irréalisable du point de vue administratif », nota Laperrine, en ajoutant pour preuve qu'on pouvait distinguer trois dialectes assez différents de la langue tamasheq : ceux du Hoggar, de l'Aïr et de l'Adrar des Iforas. D'ailleurs, les rapports entre ces divers groupes touareg n'étaient-ils pas « bien plus des relations de rezzous que d'amitié » ? Qui donc pouvait parler d'unité touarègue ? Un homme pourtant osa le faire, haut et fort : le rebelle Kaocen.

Kaocen ag Gedda était enfant de l'Aïr, né dans la vallée de Tamezlagh, de parents nobles bien que les Français prétendirent que sa mère avait été « esclave ». Durant toute sa vie extrêmement mouvementée, Kaocen ne poursuivit qu'un seul but : chasser les Français du Sahara.

Après la défaite des Touareg de l'Aïr dans la bataille d'Egatragh en 1899, le jeune Kaocen fit partie de la première vague d'émigration, préférant l'exil à la soumission. Au début du siècle, on retrouvait ses traces un peu partout dans le désert. Militaire et stratège hors pair, il mit ses talents au service de divers maîtres turcs, senoussistes ou autres. Peu lui importait. Ce qui comptait à ses yeux était d'acquérir assez d'expérience, de réunir suffisamment de forces pour libérer le pays touareg du « joug français ».

Kaocen était obsédé par l'idée d'unifier les Touareg. Il avait compris que, sans ce préalable, rien n'était possible. Alors il commença par rassembler tous les exilés qui avaient fui l'envahisseur, en une seule armée. Rien de plus facile en apparence. Mais que d'obstacles à surmonter dans la pratique. Tous ces Touareg venaient de tribus différentes qui s'étaient davantage fréquentées dans les rezzous qu'à l'occasion de mariages.

En août 1916, Kaocen se trouvait à Ghat, dans le désert libyen, à la tête de 200 combattants soudés, équipés d'armes modernes et notamment d'un canon tirailleur. Des mois auparavant, il avait déjà averti ses fidèles dans l'Aïr, parmi lesquels le sultan Tagama, que son retour était proche. Il leur avait demandé de rallier les chefs de tribus à la cause antifrançaise.

Dès lors, les événements se précipitèrent. En Europe, la Première Guerre mondiale faisait rage, et les possessions coloniales n'en étaient pas le moindre enjeu. Dans toute l'Afrique du Nord, les forces allemandes et turques passaient à l'offensive. La secte musulmane des sénoussistes, rêvant depuis longtemps de se débarrasser des Italiens et des Français, en profita pour redoubler ses actions militaires dans le désert.

La Sanûsiyya était surtout hostile au Père de Foucauld qu'elle considérait comme un agent français en raison de son amitié notoire pour Laperrine. Le 1er décembre 1916, un commando sénoussiste assassina l'« ermite du désert » dans sa maison de Tamanrasset.

De nouveaux écrits ont récemment ravivé la polémique autour du personnage complexe qu'était Charles de Foucauld. Quel rôle joua-t-il dans les affaires autres que religieuses ? En tant que missionnaire, il prêchait dans le désert. C'était un ami des Touareg, mais aussi un ardent défenseur de la discipline coloniale la plus stricte. Reste son œuvre littéraire qui comporte la transcription d'un grand nombre de récits prosaïques tamasheq. Cet héritage-là est pour nous d'une valeur inappréciable.

Kaocen, rentré clandestinement dans l'Aïr en automne 1916, occupa la ville d'Agadez le 13 décembre de la même année. Le canon fut de peu d'utilité face aux fortifications du camp retranché des Français. Cet échec fut le premier d'une longue série. Au bout de quelques mois, les assiégés reçurent des renforts venus de la garnison de Zinder. Malgré leur acharnement et leur héroïsme, les rebelles durent céder. En juillet 1917, les troupes françaises les expulsèrent d'Agadez, en mars 1918 du reste de l'Aïr.

La suite est pure tragédie. Pendant sa fuite à travers le désert libyen, Kaocen tomba entre les mains de ses anciens protecteurs ottomans. Les Turcs se sentaient trahis par le chef rebelle touareg. Il est vrai que Kaocen, s'il le considérait nécessaire ou utile à sa cause, pouvait tromper ses alliés, au besoin, comme l'exige toute stratégie militaire. Il ne croyait pas toujours aux alliances. « Vous n'avez pas d'alliés parmi les musulmans, ni parmi les infidèles et vous n'en aurez jamais, répétait-il aux Touareg. Il ne nous reste qu'à nous entendre et à combattre par nous-mêmes et pour nous-mêmes. »

Les Turcs, en tout cas, ne le lui pardonnaient pas. Insensibles à la force de persuasion qui faisait la légende de Kaocen, ils l'emprisonnèrent, puis, quelques jours après, le pendirent. Ses derniers compagnons n'ont pas connu de meilleur sort. Massacrés par les Turcs ou capturés et soumis par les Français, leur chemin de résistant s'arrêta là. Tagama, l'ancien sultan d'Agadez, fut assassiné dans une geôle française.

Si je ne m'arrête pas sur les innombrables combats livrés par Kaocen, c'est parce que tout cela a déjà été raconté et écrit mille fois, y compris par des Touareg. Je voudrais seulement dire un certain nombre de choses qui me paraissent importantes, concernant la grande révolte touarègue de 1916 mais aussi les rebelles touareg qui combattent à nouveau depuis 1990.

Et d'abord ceci : pour nous, Touareg, Kaocen revêt la même valeur que le général de Gaulle a aux yeux des Français. Évidemment, cette comparaison choquera plus d'un lecteur. Néanmoins, elle me paraît légitime. Kaocen tenta de nous unir face à l'occupant. Il nous rehaussait moralement. Tel un miroir magique, il nous renvoya, le temps d'un formidable soubresaut, l'image d'un peuple qui, par son courage, eut droit à l'espoir. Il nous montra la voie de la grandeur malgré la défaite militaire. Tant que nous pouvions y croire, Kaocen était notre sauveur.

Dès le début, les Français ont mal jugé le chef de la rébellion touarègue. Ils voyaient en lui un bandit attiré par la rapine ou un agent à la solde des Turcs et des Allemands, qui essaierait d'égaler dans le Sahara l'exploit réussi par Lawrence dans le désert d'Arabie.

Selon un rapport secret adressé au ministre français de la Guerre le 30 décembre 1916, « on a appris que le poste d'Agadez est assiégé depuis le 7 décembre par une colonne forte de 500 hommes, sous le commandement du chef sénoussiste Kaocen, soupçonné de n'être autre qu'un Allemand, du nom de Gottlob Adolf Kraus ».

Imaginez un peu ! Un Allemand à la tête de la rébellion touarègue ! Prussien ou bavarois, le rapport ne le précisa pas. Non plus si, sous son turban, cet homme mystérieux portait un casque à pointe.

Kaocen était authentiquement touareg. Dans notre Histoire lorsqu'elle nous appartiendra enfin, le chef de la rébellion de l'Aïr tiendra une place de choix. Il restera tel l'archétype. Dans nos campements d'aujourd'hui, il n'y a pas un seul nomade qui ignore toutes les batailles de Kaocen. Dans nos montagnes, pas un rebelle qui ne voit dans les insurgés de 1916 ses dignes prédécesseurs.

D'ailleurs, Kaocen, en ce qui concerne son génie tactique, est certainement mieux compris par les rebelles touareg de cette fin de siècle que par ses propres compagnons d'armes. Kaocen tentait de leur expliquer la nécessité de la guérilla, de la « stratégie des coups bas » qui est la seule valable face à un adversaire supérieur – et d'une manière écrasante – en hommes et en armes.

« La guerre que nous menons », disait-il selon un de ses combattants dont le témoignage fut recueilli par l'ethnologue Hélène Claudot-Hawad, « n'est pas celle d'autrefois entre deux groupes touaregs pairs. Je vous demande de combattre comme des loups ou comme des chacals qui, chaque fois qu'ils frappent, s'enfuient et de nouveau reviennent au combat, arrachent un morceau et reviennent encore. Je ne vous demande pas d'être des lions, mais des chacals. Je ne vous demande pas d'être des piliers de combat face à la mort mais des buses qui ne frappent qu'une seule fois lorsque c'est utile, frôlent brusquement la cible et sortent du champ de combat, revenant du côté où l'ennemi ne les attend pas. Ne soyez pas ceux qui balisent les champs de bataille, mais soyez des mouches du coche qui perturbent. »

Comme nous le savons aujourd'hui, cette stratégie a fait des merveilles dans d'autres parties du monde, que ce soit dans les foyers de guérillas en Amérique latine ou lors des luttes d'émancipation en Algérie, au Viêt-nam ou en Afghanistan. Cependant, elle fut mal acceptée par les Touareg. Les contemporains de Kaocen la percevaient comme une attitude lâche, incompatible avec l'honneur. Nos nobles préféraient le face-à-face même si ce choix devait entraîner des conséquences dramatiques, comme ce fut le cas dans la bataille de Tit en 1904.

Beaucoup reprochaient à Kaocen de vouloir mener une guerre dont la population nomade subirait les contrecoups. Chez les Touareg, depuis toujours les guerriers sont responsables de la protection des civils.

S'ils ne peuvent plus l'assurer, ils préfèrent mourir plutôt que de s'enfuir.

Ainsi les nobles de l'Aïr poussaient Kaocen à affronter l'ennemi dans un combat classique : assiéger le poste militaire d'Agadez, occuper et défendre cette ville jusqu'à la dernière goutte de sang. Une stratégie suicidaire. Si Kaocen avait pu mener la guerre qu'il voulait, les insurgés, bien installés dans les montagnes de l'Aïr, auraient pu tenir pendant des années. Mais cela était « contraire à l'honneur ».

Les rebelles du Front de Libération de l'Aïr et de l'Azawak (F.L.A.A.), qui se sont levés contre les soldats de l'armée nigérienne, doivent méditer les raisons de l'échec de Kaocen. Je sais que bon nombre d'entre eux les ont comprises. Mais d'autres – peut-être même nous tous – restent en quelque sorte prisonniers de cet honneur qui interdit de fuir ou simplement de se retirer quand la sagesse le recommanderait. Il faudra méditer encore et encore cette question.

La défaite de Kaocen sonnait en même temps la victoire du général Laperrine. C'est à lui que le ministre de la Guerre, le général Lyautey, confia en janvier 1917 un commandement extraordinaire s'étendant sur toutes les régions touarègues. Une œuvre de domination.

Notons toutefois que Laperrine agissait avec clémence. Il accordait le pardon à toutes les tribus dissidentes qui le demandaient, craignant de verser le sang de populations que la France souhaitait administrer. En octobre 1919, Laperrine avait terminé la pacification des Touareg et, l'année suivante, le Niger passa du statut de territoire militaire à celui de colonie.

Commença alors la longue déchéance du peuple touareg, cette prolétarisation ethnique qui allait durer une bonne soixantaine d'années. Elle détruisit complètement notre ordre social, la fameuse hiérarchie des castes dont aiment tellement parler les ethnologues. L'aristocratie touarègue s'appauvrit rapidement et bientôt ne put plus subvenir aux besoins de ceux qui matériellement dépendaient d'elle. Aujourd'hui, les anciens serviteurs sont souvent plus riches que les anciens maîtres.

Sous la colonie, les chefs touareg devinrent des « auxiliaires » qui, au nom des Français, prélevaient l'impôt, et, pour leurs administrés nomades, demandaient les autorisations nécessaires au port d'arme ou au déplacement d'un pâturage à l'autre. L'impôt était minime. Il avait surtout valeur symbolique d'allégeance.

Ainsi les années passèrent telle une longue caravane dans le désert, d'un pas toujours égal, à travers un paysage toujours plus pauvre. Les Touareg cessèrent de faire la guerre, se consacrant entièrement à l'élevage et au commerce.

Quand je suis né, probablement vers le début de la saison des pluies de l'année 1950, nous vivions donc sagement retirés, tout à nos affaires nomades. J'appartiens à la tribu des Iforas qui sont nombreux dans le nord du Mali. Mais notre campement se trouvait dans l'oued de Tidene, situé à cent kilomètres au nord d'Agadez, dans l'ouest de l'Aïr. Mon père était chamelier, ma mère s'occupait de nos chèvres et de l'éducation de ses sept enfants. A quatre-vingt-dix ans, elle vit toujours à Tidene et continue de nomadiser.

Avant la scolarisation, je connus l'enfance heureuse des campements. Que de souvenirs! Ceux de gamins pauvres jouant aux billes avec les crottes séchées des chameaux. Souvenirs des premiers mots tamasheq que ma mère m'apprit à dessiner en tefinagh, notre écriture, sur le sable des dunes. Souvenirs aussi de toutes ces veillées nocturnes autour du feu.

Avec mon père et Ebayghar, ce fut l'école du désert : l'apprentissage des pistes et la navigation à l'aide du vent et des étoiles. Toute une science nomade pour acquérir la connaissance des lieux, des oueds de l'Aïr, des énormes dunes du Ténéré. Une géographie ancestrale, intime du Sahara, notre univers.

Chaque fois que je repense au désert de mon enfance, je me sens triste et nostalgique. Je vois comme une espèce d'image, un rêve très beau que je regrette, que j'ai envie de retrouver, de toucher de mes mains et de mon âme. Je ne sais pas comment mieux décrire une sensation pareille. Elle est si difficile à faire comprendre et à partager.

Né au désert, on y reste profondément attaché, quoi qu'on fasse par la suite. Celui qui part garde quelque part son oued à lui, son paradis qui l'attend. Il y a un proverbe touareg qui dit : « Où qu'il aille, le nomade reviendra toujours à son premier campement. » C'est si vrai.

Cela explique pourquoi il n'y a aucune émigration touarègue. L'exil forcé, oui, il existe, nos ennemis y veillent. Mais pas d'émigration volontaire. Les Touareg qui ont pu faire des études en Europe – malheureusement ils ne sont pas nombreux – sont tous revenus au désert.

En ce moment, guère plus d'une quinzaine de Touareg vivent de manière à peu près permanente en France. Un chiffre qu'il faut comparer à celui de l'immigration nord-africaine par exemple. Il est vrai que les travailleurs marocains ou algériens ne s'expatrient pas par plaisir. C'est juste. Nous aussi sommes pauvres, mais nous supportons mieux la misère que l'absence du désert.

Lorsque, adolescent, je partais de chez moi pour découvrir le monde des autres, je me retrouvais vite avec cette envie brûlante de revoir le désert. Et j'y suis retourné, comme tous nos autres voyageurs. Malgré les sécheresses et les massacres, les Touareg demeurent tellement adaptés à cette vie de peu de chose, tellement amoureux du désert. Nous ne pouvons pas imaginer vivre ailleurs. Si l'on me disait que je devais rester définitivement en Europe, je crois que j'en mourrais. Et pourtant, j'aime l'Europe.

Dans l'oued de Tidene, l'aube est mon heure préférée, l'instant d'avant le jour quand tout le monde dort et que le temps n'existe pas encore. Alors il n'y a que le bruit du vent dans les tamaris. C'est une espèce de sapin du Sahara qu'on appelle aussi « éthel », un arbre toujours vert qui pousse dans le désert. Et quand le vent y souffle, se lève comme une musique étrange. Les voyageurs européens la comparent souvent à celle des vaguelettes s'échouant sur la plage. Les Touareg, eux, ne connaissent pas la mer.

Avec le lever du soleil commence la traite des chamelles et des chèvres qu'il faut ensuite conduire aux pâturages et aux puits. Quand j'étais tout jeune, c'était là mon labeur. Parfois, il fallait partir loin. Remonter cette eau sacrée du fond des puits dans de minuscules puisettes tirées à la force des bras était une tâche fatigante. Moins pénible toutefois que le travail de déblayage, car tous ces puits creusés dans le sable s'écroulaient régulièrement.

Une vie dure, mais pleine de satisfactions. Les nomades se sont adaptés au désert d'une façon extraordinaire. Ils tiennent compte de la rareté de l'eau et des pâturages dans la difficile harmonie que requiert l'élevage extensif. Toute erreur dans le calendrier des transhumances et des caravanes peut être fatale. Mais survivre dans le désert, c'est dominer son destin.

L'équilibre fragile se trouve rompu de façon dramatique chaque fois qu'un élément imprévisible intervient, que ce soit la sécheresse, les ratissages militaires ou autre tentative de réorganisation administrative jamais consciente des réalités socioculturelles et économiques des Touareg. A l'intérieur de leur monde, les nomades ont besoin d'une complète liberté.

Sous la colonisation française, nous avions encore l'impression de pouvoir nous déplacer sans contraintes, les frontières ne représentant pas les mêmes barrières qu'aujourd'hui. Certes, l'impôt nous humiliait, mais dans une certaine mesure la vie de tous les jours, à l'écart des centres, se déroulait paisiblement. Certains nous accusent d'être des nostalgiques de l'époque coloniale. Quelle aberration! Personne n'a combattu le colonisateur autant que nous. La colonisation nous a nui énormément, mais nous avons connu pire depuis. Il faut dire les choses telles qu'elles sont.

Et puis, j'étais enfant. Voilà pourquoi mes souvenirs de cette époque me paraissent tellement agréables. Ce sont ceux d'un monde uniquement touareg. J'aime me rappeler ces débuts de soirée dans le campement quand les couleurs du ciel se confondaient avec celles du sable rouge et ocre des dunes. Au crépuscule, toute la fragilité de l'existence humaine au désert semble resurgir dans le silence. Seuls les cris des chamelles et des chèvres cherchant leurs petits témoignent encore de la vie.

La nuit, les feux du campement devenaient nos messagers, signes de notre présence, invitations aux voyageurs. Durant leurs longues veillées, les hommes évoquaient le passé glorieux. A Tidene, on racontait souvent l'histoire de Mawli, un de mes oncles, qui avait été attaqué et tué par une patrouille française. Cela s'était passé pendant la saison des pluies. Mawli était accompagné de quatre autres nomades quand les militaires leur tombèrent dessus. Une fameuse bataille, takouba contre fusil, un carnage. Le campement se trouvait un peu plus loin en bas dans l'oued, et tout ce que les gens voyaient arriver, c'était le sang des Touareg emporté par les eaux.

De telles histoires étaient relatées pour servir également de leçons. Elles devaient inciter les jeunes à endurer les souffrances sans jamais se plaindre. Car à qui se plaindre ? Pourquoi demander des choses inaccessibles ? Et à quoi bon en appeler à la sympathie de ceux qui nous détestaient ? Pleurer est un déshonneur, réclamer de la nourriture et de l'eau une faiblesse. Voilà l'école touarègue. On y apprend à se rebeller, jamais à mendier.

Mais que la vie était belle pourtant ! Quand l'abondance des pluies et des pâturages le permettait toutes les familles se retrouvaient pour les grandes fêtes, véritables concours de beauté, de chants, d'adresse et, bien sûr, de courses de chameaux. Tel un cri de détresse et de désespoir, l'imzad, le violon touareg à une corde, accompagnait les chants qui perpétuaient nos légendes. L'imzad a toujours pour interprète une femme. Dans leurs combats, nos guerriers se donnaient de la hardiesse en criant le nom d'une joueuse d'imzad.

La femme, même quand elle ne joue pas du violon, occupe une place centrale dans la société des nomades. J'ai toujours été impressionné par nos femmes, à la fois par leur courage et par la dureté de la vie qu'elles supportent. La femme touarègue est toujours volontaire pour les travaux les plus pénibles : piler les grains de mil pour la cuisine, abreuver les bêtes à longueur de journée, tenir les campements pendant les longues absences de leurs maris partis en caravane.

La femme touarègue est forte. J'ai vu des vieilles vivant toutes seules avec leurs chèvres au milieu du désert. Certaines le voulaient ainsi, d'autres y étaient contraintes. Comment oublier cette femme de Zaners, prisonnière de son oued isolé que ses chèvres refusaient de quitter? Chaque fois qu'elle tentait de migrer vers d'autres campements, les bêtes retournaient dans cet oued de solitude. Elle a vécu comme cela pendant trente ans.

La femme touarègue a été l'objet de beaucoup d'écrits savants. Certains ethnologues ont fait d'elle un être autoritaire disposant d'un pouvoir quasi matriarcal. Or, si elle est dépositaire de la culture à travers la musique, la poésie et l'éducation orale des enfants, elle ne commande pas pour autant sous la tente. C'est l'homme qui prend les décisions, en tenant compte des conseils de sa compagne.

Si d'autres s'intéressent tellement à la femme touarègue, cela tient, je pense, à la liberté d'expression et de mœurs dont elle jouit. Contrairement à l'homme, elle ne voile pas son visage. Ebayghar m'a raconté un jour pourquoi, d'après lui, il en était ainsi. Lors d'un rezzou, nos lointains ancêtres auraient subi une défaite humiliante. Cherchant à cacher leur honte devant leurs femmes, ils se seraient alors couvert la face.

Sauf tout le respect que je dois à mon vieil ami, cette explication me paraît peu crédible. Franchement, je n'en crois rien. A mon avis, si les hommes se sont voilés, ce fut, d'abord, pour se protéger contre soleil et vent pendant les caravanes et les rezzous. Après, le taguelmoust est devenu le symbole de leur dignité. Si, en revanche, la femme touarègue reste découverte, c'est qu'elle n'a peut-être pas envie de cacher sa beauté.

Qui lui en voudrait ? Pas les hommes en tout cas. Eux, ils préfèrent voir, contempler. Et les ambitions de quelques marabouts intégristes n'y feront rien. Celui qui, pour des raisons religieuses, voudrait imposer le port du voile à nos femmes devra s'attendre à la rébellion de toute la communauté touarègue, les deux sexes confondus.

Car, honnêtement, je ne pense pas que la femme touarègue nécessite la prétendue protection des préceptes d'un Islam radical. Elle ne risque pas de devenir un « objet sexuel ». Aucun homme n'oserait porter la main sur elle ni même manquer de respect à son égard.

La Touarègue sait défendre ses intérêts. Elle a toujours refusé la polygamie, et elle a obtenu gain de cause. Elle est libre parce qu'elle a les moyens d'assurer son indépendance. En cas de divorce, c'est elle qui garde la tente et dispose de son propre troupeau.

Ethnologues et romanciers ont aussi beaucoup fantasmé sur notre vie intime. Beaucoup d'entre nous ont été choqués lorsque, encore récemment, un de ces livres a décrit « l'amour chez les Touareg ». En détail. Tout n'était peut-être pas faux dans ces racontars, mais nous, on aurait préféré que rien ne soit raconté. Nous aimerions jouir de nos libertés en silence.

Je m'égare. Voulant parler de la vie au campement, j'ai fini par chanter la gloire des femmes touarègues. Mais c'est important : la Targuia n'est pas une femme soumise. Elle est gracieuse, et elle est forte aussi. Selon notre légende, le seul suzerain jamais accepté par tous les Touareg, fut la reine Tin Hanan (Antinea) dans le Hoggar. Cela dit beaucoup de choses.

Pour en revenir à mon campement de Tidene, je dois dire que toute sa beauté m'est apparue seulement le jour où j'ai été forcé de le quitter. C'était pour aller à l'école. Notre cauchemar à tous.

A cette époque, les Touareg étaient opposés à la scolarisation. Aller à l'école, du temps où l'on se battait contre la France, signifiait passer à l'ennemi. Nos vieux racontaient des tas de légendes, pour nous faire peur ou parce qu'ils y croyaient vraiment. Ils disaient que les enfants seraient amenés au pays des Européens et que les familles ne les reverraient plus jamais.

Même vers la fin de l'époque coloniale, l'école française ne nous disait toujours rien qui vaille. On était sûr que ceux qui allaient apprendre à lire et à écrire la langue du colonisateur étaient définitivement perdus pour le désert. Alors nous étions terrorisés chaque fois qu'on apprenait que des gens étaient venus s'emparer d'enfants.

Quand arrivaient les périodes de recrutement, les parents partaient avec nous dans le désert. J'aimais cela. Mon père et moi voyagions alors pendant deux, trois voire quatre mois. On allait visiter la famille ou des amis comme Ebayghar. Et quand les Français avaient fini de recruter, on revenait au campement.

Jusqu'au jour où, par surprise, un garde s'est pointé chez nous. Je revenais juste du puits avec ma sœur. On avait des guerbas pleines d'eau qu'on rapportait à dos d'âne. A l'entrée du camp, le garde était là. Impossible de faire marche arrière.

Dans ma région, les Français avaient trouvé une

sorte de compromis avec les nomades récalcitrants. Ils exigeaient que chaque famille envoie au moins un enfant à l'école. Rusés, les Touareg envoyaient les enfants de leurs serviteurs. Ma famille n'en avait plus depuis longtemps. Nos serviteurs, c'étaient nous-mêmes. Alors cela tomba sur le plus jeune, en l'occurrence moi.

J'avais huit ans, et je fus donc attrapé et amené de force à l'école nomade. Un des jours les plus noirs de ma vie. Le drame absolu. Et encore plus pour ma pauvre mère. Le garde me tenait devant lui sur son chameau, et ma mère, qui n'était plus que l'incarnation muette du malheur, nous suivait à pied. Je me retournais sans cesse pour ne pas la perdre des yeux. Je crois que, ce jour-là, j'ai pleuré.

Pourtant, les Français avaient tout fait pour rendre l'obligation moins amère. Ils avaient créé des écoles nomades avec des instituteurs touareg qui accompagnaient les tribus. L'administration coloniale s'était rendu compte qu'envoyer les enfants loin de chez eux aurait provoqué une nouvelle révolte. Alors l'école se tenait sous une tente plantée à égale distance des campements concernés. Les parents pouvaient venir nous chercher le soir.

Le premier jour, je le vois encore comme si c'était hier. L'instituteur alla à notre rencontre avec douceur. Il se présenta devant nous avec son cahier et ses petites affaires. Je pensais que c'étaient des gris-gris malfaisants, que cet homme voulait nous ensorceler. Mais il écrivait seulement le prénom de chacun, l'âge approximatif, le nom des parents. L'instituteur nous parlait gentiment.

Tout cela n'enlevait rien à notre terreur. Nous voyions bien les gardes postés devant l'école. Et puis, il y avait tous ces objets inconnus, parfaitement suspects à nos yeux : des ardoises, des crayons, le tableau planté dans le sable. Même la tente nous effrayait. Elle était en toile bleue, alors que les nôtres, au campement, étaient faites de nattes tressées.

Au bout de quelques jours, l'instituteur commença à nous enseigner le français et les chiffres. Nous avons tous refusé d'apprendre, en jouant aux idiots, en répétant mal systématiquement, en essayant de se faire renvoyer. Beaucoup s'enfuyaient. Au début, ils étaient rattrapés par les gardes qui les punissaient, en les frappant ou en leur assignant des corvées; Toute la journée, ils devaient aller au puits chercher de l'eau pour l'école.

Plus tard, les gardes en eurent assez de courir après les fuyards. Nous avons tellement fugué, tellement fui cette culture dont nous ne voulions à aucun prix. Et à force de nous échapper, nous convainquions l'école qu'elle ne voulait pas non plus de nous. Sur une classe de vingt élèves au début, nous n'étions plus que trois à la fin. Après avoir tenté de passer pour un cancre, j'acceptai l'école comme une fatalité.

Ensuite on nous a déplacés de l'école nomade dans une école fixe, à Azzel, à quinze kilomètres d'Agadez. Là, nous étions séparés du campement pour de bon, et à nouveau, les élèves se mirent à fuguer. Nous avions tous entre dix et douze ans.

Personnellement, je dois la poursuite de ma carrière scolaire à l'inspecteur français de notre région.

Un monsieur très gentil qui, ayant reconnu la qualité de mes progrès, m'encouragea et m'incita à continuer les études. C'est lui qui décida de me présenter au certificat de fin d'études primaires après mon CM1. Après, j'ai fréquenté le collège d'Agadez.

Les années d'école m'arrachaient à mon existence nomade. Elles m'ont aussi ouvert une vision autre de l'univers. Un matin, saisi d'une curiosité soudaine, j'ai traversé le Sahara en stop puis, de là, suis parti finir mes études en France, et aux États-Unis. J'ai donc vu le monde avant de retourner à Agadez, notre « grande ville ». Ce n'est pas tout à fait mon désert, mais ce n'en est pas loin.

Quand le travail me le permet, je rentre au campement dans l'oued de Tidene. J'y retrouve mes anciens camarades qui ont échappé à la scolarisation. Nous nous aimons sans chercher à nier le décalage qui, aujourd'hui, existe entre nous. Je ne sais pas qui de nous a connu le meilleur sort. Parfois je les envie d'être restés à l'écart, protégés par le désert. A d'autres moments, je pense que c'est une chance extraordinaire que d'avoir subi l'influence d'une double culture.

Indépendamment de ces considérations sur le bonheur individuel, il est certain que le refus de la scolarisation fut une erreur lourde de conséquences. Les gens du Sud, tels les Haoussa, mais surtout les Djerma, avaient accepté la domination française sans broncher. Ils fréquentaient massivement les écoles coloniales et ensuite se laissaient former comme cadres administratifs ou sous-officiers de l'armée. Aujourd'hui, ils sont nos ministres, nos préfets, nos généraux.

L'indépendance de 1960 nous a donc trouvés peu préparés à ce changement d'époque. Nous n'avons pas vraiment compris ce qui est arrivé. Du temps de la colonie, les Français nous avaient divisés. Ils s'étaient assis autour d'une table pour dessiner une carte qui niait notre existence en tant que peuple. Mais comme tous ces territoires, malgré quelques tracasseries surtout inter-françaises, faisaient partie du même empire, les frontières n'avaient qu'une importance relative.

Avec l'indépendance, tout changea brutalement. Du coup, des policiers et des militaires représentants des nouveaux États demandaient à voir des passeports, exigeaient même des visas quand des pauvres nomades de l'Aïr voulaient rendre visite à leurs cousins du Hoggar ou de l'Adrar des Iforas. C'était vraiment très grave.

Une poignée de Touareg d'Agadez assistés par quelques officiers méharistes avaient pourtant bien senti, à la veille de l'indépendance, la tragédie à venir. Ils élaborèrent un contre-projet demandant la création d'un État saharien. Le sultan d'Agadez refusa l'indépendance du Nord dans le cadre d'une république du Niger. Il savait que, pour les Touareg, cette « nouvelle liberté » ne faisait que cacher une nouvelle dépendance, voire une colonisation pire que la précédente.

Tous ces gens adressèrent une lettre au général de Gaulle, demandant le détachement des régions sahariennes des nouveaux États indépendants du Sahel. La lettre se terminait par ces mots : « Nous prions Dieu afin qu'Il vous aide dans la voie que vous aurez choisie pour nous. »

Paris transmit cette missive confidentielle directement à Hamani Diori, le futur président du Niger. Les auteurs de la lettre furent tous arrêtés et déportés par le nouveau gouvernement. Là, les Touareg se sentirent vraiment trahis par la France.

Ils firent les frais de la situation complexe dans laquelle s'était empêtrée la France. En 1957, la Quatrième République finissante avait procédé à la création de l'Organisation Commune des Régions Sahariennes (O.C.R.S.). Celle-ci englobait un vaste territoire qui comprenait le Sud algérien, les quatre cinquièmes du Niger, les deux tiers du Tchad. L'O.C.R.S. devait mettre en commun les possibilités industrielles et énergétiques du Sahara. En fait, elle aurait très bien pu servir de brouillon pour un futur État fédéral touareg et toubou.

Mais, dès son retour au pouvoir en 1958, de Gaulle tenta de sauver uniquement l'Algérie française et ses champs pétroliers sahariens. L'O.C.R.S. passa aux oubliettes. Le général a dû penser que l'indépendance accordée en toute hâte aux colonies subsahariennes pouvait suffire comme prix au maintien du « département algérien » dans l'État français. Ainsi, les Touareg sont entrés dans la République du Niger comme des malades en salle d'opération, encore sous anesthésie, mais déjà en route pour le pire des réveils.

Avec les gens du Sud, la haine s'installa dans le Nord. La nuit, dans nos campements du désert, des voyageurs nous rapportaient les brimades dont étaient victimes les Touareg d'Agadez. Lors des réunions publiques, les soldats du Sud enlevaient le turban à nos chefs, ce qui représente le pire des déshonneurs pour un Touareg. On leur retirait aussi la takouba, autre insulte grave.

L'administration nigérienne se mit à terroriser les nomades. Elle ne supportait pas cette fierté que les gens du Sud prenaient pour de l'arrogance. Notre dignité, même au temps colonial, nous interdisait de nous mettre à genoux devant un administrateur. On ne se pliait pas devant un garde qui, du fait d'être armé, se croyait investi d'un droit de vie et de mort sur les civils. Les Français ont au moins respecté notre fierté. Mais la République du Niger décida de faire payer cher aux Touareg leur « insolence » et leur passé de maîtres « esclavagistes ».

Qu'allaient-ils faire ? Leur première vengeance consista à ne rien faire du tout, excepté s'en mettre plein les poches. Les préfets envoyés et imposés par Niamey sont tous repartis riches d'Agadez. Mais pas un sou ne fut dépensé pour améliorer la vie des populations locales. On ne construisit pas d'écoles, pas d'hôpitaux, juste deux ou trois dispensaires dépourvus de médicaments. Et comme ces postes de santé étaient de surcroît tenus par des infirmiers venus du Sud, les Touareg n'y allaient pratiquement pas. On hésite à se faire soigner par des gens qui vous détestent.

Lentement mais sûrement, la vie se dégradait dans les régions touarègues alors que, dans la lointaine capitale, des buildings, aussi beaux que superflus, furent érigés à la gloire de l'indépendance. Dans le nord du

Niger, l'unique projet conçu et appliqué avec énergie par les autorités de Niamey fut celui du non-développement.

Pire encore était la situation dans l'Adrar des Iforas. L'ex-Soudan français avait accédé à l'indépendance sous le nom de République du Mali. Brouillé avec l'ancienne métropole dès la première heure, le nouveau pouvoir de Bamako dépêcha ses troupes vers les frontières du nord pour s'assurer de l'évacuation effective de ces régions par les militaires français.

A l'égard des populations touarègues, les soldats maliens firent état d'une autre attitude que leurs prédécesseurs français. Dès leur arrivée, les nouveaux conquérants réquisitionnèrent les chameaux, violèrent et pillèrent. Leur gouvernement nous interdit les échanges caravaniers et imposa de lourdes taxes sur le bétail. A coups de crimes et d'humiliations, ils pavèrent à notre intention la route de l'enfer.

En 1962, les Touareg de l'Adrar des Iforas se soulevèrent. Ils n'avaient aucune chance. Équipée de blindés soviétiques et encadrée par des officiers qui avaient participé aux campagnes de France, d'Indochine et d'Algérie, l'armée malienne entra en action contre les populations civiles du Nord.

Au même moment, le président Modibo Keita assurait la victoire sur le plan politique et diplomatique. Fort de son succès personnel dans la réconciliation entre l'Algérie et le Maroc après des incidents frontaliers, le chef d'État malien obtint de ces deux pays leur appui dans la constitution d'un front commun anti-touareg. Auprès des gouvernements d'Alger et de

Rabat, Keita décrivit les Touareg comme des nostalgiques de la colonisation. Cela suffisait.

Cet accord tripartite, ce pacte de la honte nous coupait de toute échappatoire vers le nord, laissant libre main à l'armée malienne pour achever sa sinistre besogne. La répression fut impitoyable. Tous les jours, des exécutions sommaires avaient lieu en public. Des campements étaient incinérés à l'essence, des puits minés et empoisonnés, le bétail exterminé à la mitrailleuse. Pour récompenser l'ardeur des tirailleurs, des femmes touarègues leur étaient offertes comme butin. Personne ne tenta d'arrêter le massacre ni même ne revendiqua l'honneur de le dénoncer. Les quelques rares chefs touareg qui essayèrent de fuir vers l'Algérie furent livrés au gouvernement malien par le président Ben Bella.

Tout rentra donc dans l'ordre, si j'ose dire. Une partie des Touareg chassés par la tuerie vers la frontière algérienne dut s'y sédentariser. Mais des nomades brutalement assignés à résidence deviennent des clochards. N'ayant plus de bétail et ne disposant d'aucune formation leur permettant d'exercer un travail sérieux, ils ne sont plus à l'abri de rien et à la merci de tous.

Beaucoup de ceux qui, au début de l'indépendance, avaient réussi à échapper à la rage des militaires et des administrateurs succombèrent aux sécheresses des années soixante-dix et quatre-vingt. La première des plus terribles ravagea le pays touareg en 1973 et 1974. Les gouvernements malien et nigérien découvrirent alors l'arme de la famine.

Me trouvant hors du Niger à cette époque, j'ai suivi les événements dans les colonnes du *Monde.* Voilà ce qu'y rapportait Philippe Decraene, envoyé spécial au Mali : « Tout porte à croire qu'aujourd'hui le gouvernement malien veut mettre à profit la famine pour réduire à merci les dernières velléités de résistance ou les ultimes manifestations de particularisme des Touaregs qui, jusqu'à présent, ont vécu en marge de la communauté nationale. »

Nos gouvernants ont toujours accusé les journalistes européens d'être des racistes, sympathisants aveugles des Touareg. Je ne le pense pas. Dans les moments critiques, la presse étrangère, et française surtout, a seulement accepté de remplir la tâche à laquelle nos propres médias, subjugués par le pouvoir politique, avaient si lamentablement failli. Par leurs dénonciations du pervers et de l'arbitraire, les journalistes étrangers ont souvent pu empêcher nos militaires de tuer en silence.

Au Mali, en février 1974, Philippe Decraene constata que les organisations internationales venant en aide aux réfugiés affamés subissaient les mille et une tracasseries de la bureaucratie malienne. Pour une fois, les coutumes locales n'expliquaient rien. Il s'agissait clairement d'une volonté politique.

Les membres d'ONG telles que la *Christian Aid* anglaise se voyaient refuser l'accès au camp principal situé près de Gao. Les autorités leur interdisaient également de s'enquérir de la destination des sacs de céréales livrés au titre du programme alimentaire mondial. Une fondation allemande, qui avait douze millions de francs à dépenser en faveur des réfugiés, envoya une équipe sur place pour s'assurer du bon emploi de cet argent. L'équipe fut vite priée par le chef d'état-major de la gendarmerie de vider les lieux.

Au cours de son périple, le journaliste du *Monde* finit par ne plus compter toutes les boutiques entre Gao et Tombouctou, vendant au prix fort des grains qui devaient être distribués gratuitement. Le gouvernement ne pouvait pas ne pas savoir. Ecœuré, Decraene se demanda si le président-colonel Moussa Traoré n'était pas en train de préparer « la solution finale du problème touareg ».

Au Niger, vers la même époque, le président Diori qu'on craignait devoir supporter à vie fut renversé par le colonel Kountché, un autre « dur ». Ainsi tous les Touareg du Sahel se retrouvèrent enfin sous régime militaire. Kountché, lui non plus, ne nous aimait pas beaucoup. Je crois que nous constituions une entorse à ce qu'il considérait être l'honneur national. Pourquoi sinon le colonel interdit-il l'usage du mot nomade ?

L'aide qu'il laissa parvenir jusqu'aux victimes de la sécheresse était tellement pingre que les Touareg de la plaine de l'Azawag baptisèrent 1974 l'« année des petites tasses », en souvenir des minuscules récipients servant à la distribution des grains... quand ceux-ci n'étaient pas détournés par les préfets et autres représentants du pouvoir.

Dans l'Aïr, des nomades faméliques assistaient, désemparés, à l'hécatombe des bêtes. Le plus souvent, chèvres et chameaux ne mouraient pas de soif, mais de faim et d'épuisement. Quand la pluie tarda trop à venir, les troupeaux convergèrent vers les quelques rares puits. Très vite, les pâturages autour des points d'eau furent épuisés, contraignant à nouveau les bergers à conduire les bêtes au loin pour trouver de la nourriture. Ce furent ces va-et-vient incessants entre puits et pâturages qui exterminèrent les troupeaux.

Cela a été quelque chose d'insoutenable pour les Touareg : regarder mourir leurs bêtes. La vie d'un nomade se passe autour de son troupeau dont il dépend entièrement. Souvent les gens restaient à côté des bêtes alors qu'il n'y avait plus rien à faire pour les sauver. Et quand le dernier chameau était mort, les gens mouraient aussi parce qu'ils ne pouvaient pas rallier à pied les quelques points de secours en bordure de l'Aïr.

La sécheresse ne fit pas que des malheureux. Quand la nouvelle de la catastrophe saharienne parvint au Sud, de riches commerçants haoussa se mirent en route, assurés que de bonnes affaires les attendaient. Jusqu'au moment de cette première grande sécheresse, les Touareg de l'Aïr élevaient aussi des vaches. Les commerçants du Sud, profitant de la détresse des pasteurs nomades, rachetèrent alors les bestiaux à un prix dérisoire – vingt francs la tête – avant de les ramener avec eux vers les riches pâturages du fleuve Niger.

La sécheresse du début des années soixante-dix inaugura un nouveau chapitre dans l'histoire touarègue. Pour laisser ce qui restait comme nourriture aux enfants, femmes et vieillards, les hommes jeunes se résolurent à partir en exil. Ne pouvant rien attendre de la part du Sud, ils partirent donc vers le Nord, parfois pour l'Algérie, mais principalement en Libye, où la plupart se firent une « situation » dans la Légion islamique du colonel Kadhafi. De ce problème et qui continue à l'être, nous reparlerons.

Mais d'abord ce premier constat : ceux qui, en 1974, partaient de l'Aïr et de l'Adrar des Iforas – ils furent des dizaines de milliers – sont devenus les pionniers d'une nouvelle culture. Les Touareg les appellent « ishomar », un terme dérivé du mot français *chômeur*. Déracinés de leurs lieux traditionnels, ils sont entrés dans la modernité par en bas. Leur vie, la « teshumara », représente une rupture totale avec le passé touareg.

Exilés de misère, les ishomar ont accepté d'apprendre des métiers manuels, ce qui était inimaginable pour les nomades des campements : chauffeur, mécanicien, maçon, électricien... Ils étaient éblouis par l'opulence pétrolière qu'ils trouvaient en Libye. Jamais auparavant ils n'avaient goûté autant de nourriture, ni n'étaient logés aussi confortablement. Mais loin de leurs oueds, le cœur lourd de chagrin, la misère continuait à peser, autrement, sur leur tête.

Alors ils ont déversé leur malheur dans des chansons et des poésies. Ce fut cela, la nouvelle expression culturelle touarègue. Elle était nostalgique et militante. Rebelle. Des mots clairs, durs qui appelaient les maux et les bourreaux par leurs noms. Et qui, au bout d'un long raisonnement solitaire, montraient tous le même chemin, celui du retour à travers le désert, de la libération avec la kalachnikov pour remplacer la takouba. Les ishomar, enfants de l'oubli et de la sécheresse, sont devenus les rebelles nigériens et maliens des années quatre-vingt-dix.

Vu à presque vingt ans de distance, l'an 1974 paraît comme le grand rendez-vous manqué par l'État. Si le gouvernement s'était montré magnanime, si les autorités régionales et locales avaient fait preuve de compassion ou seulement d'honnêteté envers les victimes de la famine, les Touareg du Niger et du Mali auraient pu croire au mythe de l' « unité nationale ». A la main tendue du Sud, le Nord, mis à genoux par la désertification des oueds et des oasis, n'aurait pas répondu par l'arrogance d'un refus.

Malheureusement, au lieu d'éprouver la solidarité, nous nous sommes retrouvés en exil, à l'étranger ou, étant donné l'absolu isolement des Touareg, à l'intérieur même de nos pays. A partir de 1974, les Touareg du Sahel se scindèrent progressivement en trois communautés : celle de nomades totalement appauvris et prisonniers de leur misère, celle des ishomar s'ouvrant au monde et attendant leur heure, et celle de la communauté touarègue des villes, l'élite.

Au Niger, cette troisième communauté se partage principalement entre Agadez, Tahoua, Arlit et Niamey. Agadez, bien que sa population soit composée de nombreuses ethnies, est considérée comme capitale touarègue. Il est vrai qu'entre le palais du Sultan, construit en banco, et l'Hôtel de l'Aïr qui est l'ancien palais de Kaocen, nous nous sentons chez nous.

Depuis mon départ de l'oued de Tidene, Agadez

est ma ville. Je l'aime tant, avec ses couleurs défiant le désert, ses gens et leur sage folie, avec sa poussière qui s'élève au-dessus du marché au bétail pour mieux reposer sur la ville entière. J'aime ma maison, ouverte au moindre souffle du vent, entourée d'eucalyptus, de tamaris et d'acacias. Moi-même j'appartiens donc à la troisième communauté, celle des Touareg sédentarisés, des nomades urbains.

Depuis le milieu des années soixante-dix, un nombre grandissant d'entre nous, les urbains, a essayé de dresser le constat de la vie touarègue depuis la décolonisation. Il en ressort que seuls des responsables élus localement, contrôlés par les populations dont ils sont issus, pourraient éventuellement rétablir la confiance des gens du Nord en l'État nigérien. Il faut en finir avec ce centralisme à outrance hérité des Français et maintenu par les gouvernants en raison des bénéfices qu'ils en retirent.

La plus terrible des expériences nous amenant à cette conclusion a été l'état d'abandon et d'oubli dans lequel se sont trouvés les nomades pendant les sécheresses. Mais, même en temps normal, toutes nos observations démontrent que, de la part des Touareg, ni l'espoir ni la confiance ne sont justifiés.

L'accès aux études supérieures – un bon indicateur pour mesurer le futur d'une communauté – a toujours dépendu de magouilles et de pistons dont les jeunes Touareg sont évidemment exclus. Pour eux, il n'y a ni bourses ni voyages d'études ou autres stages de formation à l'étranger.

Il en résulte à présent un cruel manque de cadres touareg. Les quelques hauts fonctionnaires, dont la présence éphémère dans les couloirs du pouvoir avait surtout valeur symbolique, se trouvent presque tous au chômage, ce qui, en général, est loin d'être le cas pour leurs homologues djerma ou haoussa.

L'armée, un important employeur au Niger (elle n'a pas occupé le pouvoir pendant une vingtaine d'années pour rien), ne compte que trois officiers touareg. Les autres rares cadres émanant de notre communauté se trouvent soit sans emploi soit affectés dans des régions et à des postes où ils ne peuvent exprimer leurs compétences.

Personne ne peut vivre longtemps sans espoir. Souvent pourtant, les parents acceptent de renoncer à leur propre bonheur si seulement celui des enfants paraît possible. Mais tout ce que l'État nigérien a jamais su proposer aux enfants touareg est la pérennité de l'ignorance et une marginalisation encore plus grande que celle de leurs parents.

Aujourd'hui, il n'existe que quelques écoles nomades en zone touarègue. Elles se trouvent isolées dans le désert et dépourvues de tout équipement nécessaire à un fonctionnement satisfaisant. En fait, elles ne doivent leur survie qu'au dévouement des instituteurs touareg.

L'inadaptation de l'enseignement et l'impossibilité de continuer les études après l'école primaire ont placé nos jeunes dans une situation de désarroi douloureux.

Perdus entre le désert où, depuis les sécheresses, la plupart ne peuvent plus survivre, et la ville qui ne sait pas quoi faire d'eux, ils seront forcément tentés, un jour ou l'autre, par la révolte, conséquence du rejet et du désœuvrement.

Ainsi privés d'avenir, les Touareg se sentent aussi amputés du présent. Qu'ils meurent vieux ou jeunes, qu'importe à l'État. Dans le Nord, la santé, en tant que politique, n'existe pas. Les dispensaires, déjà évoqués, sont gérés par des gens qui ne comprennent pas le tamasheq. Et comme en général les nomades ne parlent que leur propre langue, toute communication raisonnable concernant les médicaments, les traitements à suivre est exclue.

De surcroît, les infirmiers le plus souvent ne pensent qu'à fuir leurs postes pour rejoindre les grandes villes. Alors les dispensaires tombent en ruine pour devenir des monuments à la gloire douteuse d'un passé qui perdure. Situation d'autant plus aberrante qu'il existe des infirmiers touareg. Mais au nom d'un « brassage » jugé indispensable à « l'unité nationale », le gouvernement les a toujours affectés dans des régions du Sud.

L'hôpital d'Agadez, qui n'a d'hôpital que le nom, reste le seul implanté dans un département dont la superficie dépasse celle de la France. Il ne dispose d'aucune structure d'accueil pour les populations nomades, qu'elles soient touarègues, peuls ou toubou. Un dispositif sanitaire itinérant mobile, qui serait le mieux adapté aux besoins des nomades, n'a été mis en place que lors d'un programme de vaccination, finalement abandonné il y a une dizaine d'années.

Tant qu'on n'organisera pas le passage régulier de véhicules médicaux tout-terrain ainsi que la formation sur place de simples secouristes, la chute de chameau, la rougeole, la morsure de serpent et la malaria continueront à être fatales aux nomades.

Niamey nous répond qu'il n'y a pas d'argent pour financer tout cela. Argument difficilement acceptable quand on sait que, pendant des années, les fonds budgétaires servant à construire ministères et hôtels de luxe sur les bords du Niger provenaient du pays touareg et particulièrement de ses entrailles chargées d'uranium.

Le Sud a toujours prétendu que le Nord ne pourrait pas vivre par ses propres moyens, que l'autonomie sur le plan politique ne serait pas soutenue par une économie viable. Je conteste fortement ces jugements qui sont plutôt des prétextes. Nos activités économiques nous permettraient de nous prendre en charge et parfaitement, totalement. Nous saurions faire vivre le Nord.

Prenons l'exemple de l'agriculture. On a toujours dit qu'à défaut d'employer de gros moyens rien ne peut pousser dans le désert. Pourtant il existe en pays touareg une agriculture riche entretenue par des jardiniers qui, mètre par mètre, arrachent de la terre arable à un désert de roche volcanique. Ils se servent d'un système d'irrigation ancestral qui ne coûte cher qu'en sueur de bêtes et en énergie humaine.

Il faut voir les miracles que ces jardiniers touareg ont suscités dans des oasis telles Timia, Iférouane et Tabelot en cultivant du blé, du maïs, du mil, des dattes, voire des fruits plus exotiques pour le

Sahara comme le sont oranges, pamplemousses ou raisins. En pommes de terre, les jardiniers de l'Aïr fournissent l'ensemble du Niger.

A part le soutien de la Communauté européenne qui les aide à cimenter leurs puits, les jardiniers de l'Aïr n'ont jamais reçu aucun encouragement. Un ancien ministre de la planification du développement est même allé jusqu'à nier l'existence d'une agriculture en zone touarègue, afin d'empêcher les bailleurs de fonds internationaux d'y investir.

Le sous-sol saharien contient une importante nappe phréatique, mais il faut quelques moyens pour l'atteindre. Creuser à quarante mètres et cimenter les puits dépassent les capacités financières des jardiniers. Certains abandonnent leurs terres, faute d'avoir de quoi s'acheter un bœuf pour tirer l'eau des puits!

Une telle situation n'encourage évidemment pas ceux des nomades qui, après avoir perdu leurs troupeaux, cherchent à se recycler dans le jardinage. C'est pourtant la seule issue possible et ils y sont prêts, en dépit de certaines idées reçues et éternellement reprises selon lesquelles les nomades continueraient à refuser tout travail manuel.

L'élevage n'est pas moins négligé par ceux qui gouvernent le Niger depuis trente ans maintenant. Parce qu'il est synonyme de nomadisme et que des gens sans domicile fixe sont suspects, difficiles à contrôler. Très peu de puits ont donc été creusés à cette fin, ce qui a provoqué une surexploitation des pâturages autour des rares points d'eau existants et, partant, une dégradation du milieu saharien dans son ensemble.

Pourtant l'élevage est une richesse pour le Niger. Il permet de fournir à la population nationale une viande de bonne qualité et de faible coût, qui pourrait même être exportée en Côte-d'Ivoire ou en Algérie. Or dans le nord du pays, étant donné la pauvreté des pâturages, l'élevage est forcément extensif. Il n'est possible que de manière nomade.

Ceux qui veulent, coûte que coûte, supprimer le nomadisme devraient également méditer un autre problème. Une telle mesure nécessiterait la prise en charge de quelques centaines de milliers de personnes par un État qui d'après ses propres aveux est en faillite. De plus, il n'existe pas d'exemple de sédentarisation forcée qui ait réussi. Si celle-ci doit advenir un jour, ce ne sera que progressivement et en vertu d'une décision librement consentie par les nomades eux-mêmes.

Il y a aussi la question de l'uranium, bien sûr. Depuis le début de son exploitation autour de 1970, cette matière apparemment très précieuse, puisqu'elle fournit la quasi-totalité des exportations nigériennes, ne sert strictement à rien pour les Touareg. A Arlit, « ville radieuse » dont le paysage déchiré et éventré ressemble à celui de la lune, les Touareg souffrent d'une plus grande misère qu'ailleurs. Travaillant surtout comme gardiens, ils y ramassent les minuscules miettes d'un immense gâteau.

Quand les gens du Sud entendent parler aujourd'hui des aspirations fédéralistes du Nord, ils pensent d'abord à l'uranium. Ils s'imaginent que les Touareg veulent accaparer cette source de devises. Qu'ils se rassurent : nous avons toujours considéré les mines d'Arlit comme une richesse nationale. Seulement, nous voudrions en retirer autre chose que des tracasseries administratives, la limitation des pâturages et le droit de végéter entre les cartons et les plastiques d'exécrables bidonvilles appelés poétiquement « la ville induite ». Que la bénédiction de l'uranium profite aussi au développement du Nord, c'est tout ce que nous demandons.

Voilà donc certaines pensées que les Touareg des villes nourrissent depuis une bonne quinzaine d'années déjà. Jusqu'ici cependant, dépourvus du moindre poids face à un pouvoir centralisateur et dictatorial, ils n'ont su en rien, influencer, incurver la politique menée envers et contre le Nord.

Quand nous-mêmes essayions de contribuer au développement économique de notre région, les autorités réagirent avec suspicion sinon hostilité ouverte. En 1976, j'avais déposé auprès du ministre de l'Intérieur une demande d'autorisation pour créer une agence de voyages à Agadez. La première réponse de son Excellence consista à me faire arrêter et interroger pendant vingt-quatre heures. Il avait probablement cru que j'étais un espion. Finalement j'ai obtenu mon autorisation : au bout de maintes batailles... et cinq années de patience.

Avant tout, il importe de comprendre l'importance du tourisme pour les régions touarègues du nord du Niger. La beauté de notre désert était à peu près la seule chose qui nous restait encore. Étant seuls à connaître à fond les pistes de l'Aïr et du Ténéré, les Touareg se révélaient irremplaçables dans ce domaine, à la différence des gens du Sud qui craignent le désert et ne l'aiment guère.

Mon agence « Temet-Voyages » connut très vite un énorme succès. Beaucoup d'Européens connaissaient Agadez depuis que notre ville avait été une étape importante du rallye Paris-Dakar. Nous leur proposions un tourisme de paysages : aller, découvrir, traverser et quand l'on est passé, le vent du désert nettoie systématiquement tout ce que l'homme, dans son inconscience, a pu laisser traîner derrière lui. Jamais nous n'avons encouragé un tourisme « anthropologique », fait de visites quasi zoologiques à des tribus d'indigènes déguisés en « hommes bleus » ou « seigneurs du désert ».

« Temet » a fait vivre beaucoup de monde, et non seulement ses employés directs. L'arrivée des touristes signifiait aussi de bonnes affaires pour les artisans, particulièrement les forgerons, pour l'hôtellerie et la restauration. J'encourageais les guides de « Temet » à créer leurs propres entreprises d'expéditions sahariennes. Dès le début des années quatre-vingt, le tourisme devint le principal pôle économique du Nord et « Temet-Voyages » le symbole de la possible réussite en pays pauvre.

Mais le Sud ne voulait pas que le Nord gagne de l'argent. Il préférait même l'en empêcher. J'affirme cela en pesant mes mots. Certains nous taxent de paranoïaques, de n'être les victimes que de notre complexe de persécution. Ils pensent que nous voyons une vaste conspiration là où n'existerait tout au plus qu'un peu d'indifférence à notre égard. Mais aucune mauvaise foi, pas la moindre attitude hostile.

Je n'étais pas loin de le croire aussi. Jusqu'au jour où un haut fonctionnaire européen, en poste au Niger pendant plusieurs années, m'expliqua pourquoi les projets de développement conçus pour notre région et bénéficiant d'un accord international de financement n'aboutissaient jamais. Le fonctionnaire, lui-même visiblement surpris, parlait d'un « mauvais conte de fées ».

Donc, il était une fois au Niger un bailleur de fonds – puisque c'est ainsi qu'ils se nomment – qui voulut sortir des sentiers battus. L'organisme pour lequel il travaillait cherchait à répondre aux besoins réels tels qu'exprimés par les diverses catégories de la population. Ce qu'il advint de ses initiatives, particulièrement dans le département d'Agadez, le découragea fortement.

D'abord, un programme de formation-conseil pour les entreprises du secteur privé fut mis en place. L'équipe d'intervention de ce projet n'avait pas été désignée par l'administration mais recrutée suivant les compétences et les motivations. Elle organisa, avec l'association des professionnels du tourisme et de l'hôtellerie de la région d'Agadez, des sessions de formation pour les mécaniciens et les guides des agences de voyages, pour les personnels des hôtels et restaurants et même pour la multitude des « chasse-touristes » que les autorités locales cherchaient à responsabiliser et à encadrer.

Parallèlement fut installé un système permanent de conseil en gestion pour chacune de ces entreprises. Après deux ans, il parut raisonnable d'envisager la création à Agadez d'un centre régional de formation aux métiers du tourisme saharien. Au contraire d'une école artificiellement conçue par une quelconque bureaucratie, il s'agissait d'améliorer la capacité d'accueil et le rendement des entreprises existantes tout en permettant à une partie des jeunes d'obtenir une qualification professionnelle, de reprendre confiance, de susciter de nouvelles activités productives.

Ce projet rencontra l'indifférence et la complète inertie des services centraux du bailleur de fonds sans que l'on sache pourquoi. De son côté, l'administration nigérienne ne cachait pas son hostilité et répétait à qui voulait l'entendre que toute cette affaire manifestait un intérêt par trop exclusif pour les Touareg!

Faut-il rappeler qu'Agadez n'est pas une ville touarègue et que s'y croisent toutes les ethnies du Niger ? Aujourd'hui le projet est abandonné et l'équipe qui avait su gagner la confiance et l'estime des entrepreneurs a été dissoute pour laisser la place à un grandiose programme de crédit au secteur privé, pensé et assisté par des bureaux d'étude internationaux sous le contrôle de bureaucrates qui ont enfin retrouvé leurs prérogatives.

Dans un domaine voisin, la municipalité d'Agadez et les opérateurs de tourisme avaient tôt compris que la manne du rallye Paris-Dakar se tarirait un jour. Il était donc urgent de créer un centre d'intérêt susceptible d'attirer un flux plus régulier de touristes. Le même bailleur de fonds se vit alors proposer un projet de restauration et d'assainissement d'un quartier de la vieille ville.

Il s'agissait d'amorcer une action ambitieuse de

valorisation du patrimoine historique en même temps que d'améliorer les conditions de vie des habitants. Un architecte fournit gracieusement les plans et les devis. La population, les services techniques et les collectivités locales étaient tous mobilisés.

Malheureusement, il fallut près de deux ans pour que les circuits administratifs nigériens transmettent le dossier et qu'une demande officielle soit adressée au bailleur de fonds qui, depuis, l'a probablement égarée. Peut-être a-t-il compris que Niamey devient très susceptible lorsqu'il est question d'Agadez ?

L'histoire du « programme de développement des cultures irriguées dans la vallée de l'Aïr » paraît tout aussi instructive. Après plusieurs années d'exécution, le programme arriva à son terme en 1991. Au lieu d'analyser sérieusement le pourquoi des difficultés, des lenteurs, des échecs, des malversations, au lieu de consulter les organisations non gouvernementales qui travaillaient dans la même région et en avaient acquis une solide expérience, on préféra concevoir un nouveau projet, consistant en la promotion de quelques voyages semi-touristiques « sur le terrain ».

Ce nouveau projet fait grand cas de l'environnement, et il est certainement conforme aux tendances les plus récentes de la mode du développement. En revanche, il prévoit l'arrêt de toutes les opérations de modernisation des puits et des cultures afin de transformer l'Aïr en une vaste réserve écologique et humaine.

Dans la même veine, le tourisme devrait apporter les ressources nécessaires pour entretenir les « indigènes » qui continueraient à vivre, s'habiller, habiter leurs tentes et faire paître leurs troupeaux selon l'antique coutume : tout cela de manière à ce qu'enfin la réalité dépasse les fantasmes !

Évoquons, enfin, une opération d'aide alimentaire engagée quelques mois seulement avant que n'éclate la révolte touarègue dans l'Aïr. Durant des années, il avait été de notoriété publique que le directeur de l'agence locale de l'Office Céréalier du Niger détournait une grande partie des aides alimentaires destinées aux populations sinistrées, et cela avec la complicité du système coopératif et de la préfecture d'Agadez.

Alors que se déroulaient tous ces trafics – rachats et reventes, fausses distributions, livraisons de produits totalement inadaptés comme des milliers de boîtes de sardines –, les cultivateurs des jardins de l'Aïr se trouvaient dans l'impossibilité d'écouler leur production. Précisément pour les mêmes raisons qui, vues de leur côté, s'appelaient faiblesse du pouvoir d'achat local, concurrence de produits importés et des aides alimentaires.

Lors du plan humanitaire décrété d'urgence en mai-juin 1991, les responsables acceptèrent enfin le rachat des excédents (blés et pommes de terre) des cultivateurs locaux et leur distribution aux populations les plus vulnérables, notamment dans les centres de protection maternelles et infantiles, l'hôpital, les dispensaires, les écoles ainsi qu'auprès des nomades réfugiés autour des centres urbains.

Le préfet, nouvellement installé, tint à mettre en garde personnellement tous les habitués du détournement. Mais personne ne broncha lorsqu'il fut déclaré, au tout début de l'opération, qu'en fait il n'y avait pas d'excédents de production locale à acheter et à redistribuer.

Des histoires comme celles-là, nous, Touareg des villes, en avons connu des dizaines au fil des années. Elles nous ramenaient toujours à la même conclusion : d'une manière ou d'une autre, le Nord devait se prendre en charge lui-même. Un jour, un ami me dit : « Nous nous trouvons dans un état de rébellion intellectuelle. » C'était juste. Comme notre désir était de changer l'état des choses et que le pouvoir s'y opposait autoritairement, nous étions tous des rebelles en puissance. Nous continuions notre vie comme avant, mais intellectuellement nous avions déjà entamé notre libération : le désengagement des Touareg vis-à-vis de l'ordre établi.

D'un point de vue pratique cependant, le moment n'était pas encore mûr. Il fallait d'abord accomplir la jonction des trois communautés touarègues. Et là, force était de constater que de sérieux décalages existaient entre nous. Les nomades restaient dans leur isolement et leur misère, et nos frères exilés se trouvaient bien loin de leurs familles du Niger et du Mali, spirituellement et physiquement.

Les ishomar, dont les premiers avaient gagné l'Algérie et la Libye lors de la famine en 1974, pensaient en des termes beaucoup plus radicaux que nous.

En 1980, des milliers de jeunes Touaregs du Sahel répondirent positivement à l'appel du colonel Kadhafi et se rendirent en Libye afin d'y préparer l'avènement de la « république touarègue ».

A partir de 1981, les ishomar suivirent l'entraînement de l'armée libyenne dans un but précis : acquérir toute l'expérience militaire nécessaire au renversement des régimes malien et nigérien. La dictature militaire sévissant dans leurs patries facilitait ce choix.

En 1984-1985, une autre sécheresse s'abattit sur l'Aïr et l'Adrar des Iforas. A nouveau, des milliers de réfugiés, chassés par la famine optèrent pour la teshumara, la vie militante de la diaspora. Une première tentative de retour, exécutée par un petit commando en 1985, échoua. Il y eut bien un embryon de révolte loin d'Agadez, à deux cent cinquante kilomètres, en descendant au sud-ouest. Mais dans l'ensemble, la population nomade – face à la peur de la répression – resta insensible aux exhortations incendiaires des ishomar.

Tout changea avec les « événements de Tchin-Tabaradène » en mai 1990. Un massacre, celui de trop. Une date-clef dans notre histoire. Comme la naissance du Christ dans l'histoire de l'Occident. Plus rien n'était, ne serait plus jamais comme avant. Désormais il y avait av. T.T. et apr. T.T., avant et après Tchin-Tabaradène.

À l'origine de cette tragédie se trouve la mort du dictateur nigérien Kountché en 1986. A la tête de l'État, le général défunt est alors remplacé par un colonel, qui l'a servi comme chef d'état-major pendant de longues années : Ali Saïbou. Un militaire, certes, mais pas un sanguinaire. Plutôt un « père » qui regarde ses enfants, les Nigériens, sans trop de sévérité. Une ère nouvelle semble commencer.

A peine installé, le nouveau président a une bonne idée : pourquoi ne pas normaliser les relations quelque peu perturbées avec la Libye et tenter de ressouder du même coup les liens entre l'État nigérien et ses Touareg ? Les pourparlers commencent, prennent tout de suite la bonne voie. Saïbou se montre optimiste et croit enfin pouvoir parachever « l'unité nationale ».

En 1989, le président nigérien se rend en Libye. Il y rencontre les responsables de la communauté ishomar et les invite à rentrer au pays. Tout leur sera pardonné, promet Saïbou. Oubliées toutes ces années de reproches et de haine. Plus jamais les Touareg en tant qu'ethnie ne seront inquiétés dans leur patrie. Le gouvernement veillera à ce que leur réinsertion se fasse dans les plus brefs délais et les meilleures conditions possibles. Voilà pour les promesses.

Les ishomar tiennent conseil. L'offre paraît séduisante, d'autant plus qu'au même moment les Touareg éprouvent un certain désenchantement envers le chef de la révolution libyenne. Lui aussi a promis. Des promesses vieilles de dix ans déjà et qui attendent toujours d'être tenues. Les ishomar n'y croient plus.

Kadhafi était-il vraiment sincère quand il leur parlait encore de la « république touarègue » ? Ou n'étaient-ce que des mots ? Un appât peut-être ? Pour les faire venir en Libye et servir dans l'armée ? Car, les exilés touareg peuvent rêver à leur cause, sur le terrain ils combattent seulement pour celle du colonel Kadhafi.

Ainsi, les combattants ishomar ont participé à diverses aventures militaires. En 1987, au Tchad certains d'entre eux ont été témoins de la défaite libyenne à Faya-Largeau. D'autres ont servi dans la mystérieuse légion islamique. Ils ont connu le Sahara occidental, le Liban aux côtés des Palestiniens et tous les lieux où Tripoli a tenu à manifester sa solidarité avec les causes parfois énigmatiques du tiers monde.

Et la cause touarègue ? Désormais ce n'est plus en Libye qu'elle pourra avancer. Comme le disait Kaocen : le peuple touareg n'a pas d'alliés. Il ne faut jamais trop faire confiance aux autres. Alors les ishomar décident de rentrer. Non plus sur les sentiers de la guerre, mais en empruntant les chemins de la paix et de la réconciliation.

En janvier 1990, l'Algérie décide d'expulser les Touareg. Une affaire pénible. Ils sont entre 20 et 25 000, rassemblés dans le camp d'In-Guezzam près de la frontière nigérienne. Personne n'en veut. Bamako dit que ce sont des Touareg nigériens. Niamey répond que non, qu'ils sont maliens. Les réfugiés, eux, sentent qu'ils ne sont ni l'un ni l'autre. Ils se sentent indésirables.

Le Niger finit par accepter 18 000 Touareg d'In-Guezzam. Les Algériens les conduisent à la frontière d'où ils sont emmenés vers des « camps de transit », aménagés en toute hâte autour de Tchin-Tabaradène. Les Nations Unies, par le biais du Fonds international pour le développement agricole (F.I.D.A.), doivent aider à accueillir ceux qui reviennent au Niger. La même chose vaut pour les Touareg du Mali.

La tragédie

Dès leur arrivée à Tchin-Tabaradène, les ishomar ne savent plus que penser. Parqués dans les camps, ils y font l'objet d'une étroite surveillance de la part des autorités. Il leur est interdit de voyager, d'envoyer les enfants à l'école, d'exercer des activités commerciales. Les jeunes sont souvent interrogés, arrêtés lorsqu'ils demandent des explications sur le sort de l'aide internationale promise, en vain attendue.

Car évidemment, l'aide n'arrive pas. Il y a des tentes données par l'ambassade de France et qu'on retrouve mises en vente sur les marchés de Niamey et de Tahoua. Des couvertures disparaissent, des vivres finissent on ne sait où. Un spectacle désolant. A nouveau, la misère touarègue sert à remplir les poches de fonctionnaires corrompus. Au lieu de « transiter », les rapatriés s'installent durablement sous les tentes de misère de Tchin-Tabaradène.

Le 7 mai, un groupe de jeunes non armés tente d'occuper la gendarmerie pour protester contre l'arrestation de certains des leurs et pour attirer l'attention sur la précarité des conditions de vie dans les camps. Il s'ensuit une bagarre au cours de laquelle un gardien est tué avec sa propre arme qu'il avait dirigée contre les jeunes touareg. Qui s'enfuient. Les autorités ne les retrouveront jamais.

Quelques heures après ces incidents, les militaires de Tahoua débarquent en force. Équipés d'automitrailleuses, ils pilonnent Tchin-Tabaradène pendant des heures, avant de réaliser qu'il n'y a aucune riposte. Puis, des parachutistes arrivent de Niamey.

De mémoire de Nigérien, on n'a jamais vu une

telle mobilisation. Le pays a-t-il été attaqué, envahi ? L'armée entre-t-elle en guerre contre un ennemi nombreux et redoutable ? Pas exactement. Les forces de sécurité partent seulement à la chasse aux Touareg.

Dans toute la région de Tchin-Tabaradène, les campements de nomades sont anéantis. Leurs habitants, ne se doutant de rien, deviennent la proie facile des soldats. Officiellement, les militaires sont toujours à la recherche des meurtriers du malheureux gardien de prison. Mais très vite, leur comportement dégénère en croisade sauvage, en action punitive des anciens « esclaves » contre leurs « maîtres ». Enfin, ce cliché qu'on nous a collé sur le dos sert-il à quelque chose de concret.

En bons stratèges les militaires occupent les puits. Après tout, on n'est pas loin du désert. Les gens et leurs troupeaux auront soif. Il n'y a qu'à attendre et tirer sur ceux qui s'approcheront de l'eau. Que les victimes s'estiment innocentes, peu importe ! Ils sont au moins coupables d'une chose, d'être touareg.

Jours les plus sombres de notre histoire contemporaine. Des gens enterrés vivants, brûlés vifs, coupés en morceaux. A Tassara, 24 personnes arrêtées et pendues. A Tillia, des adolescents exécutés publiquement en présence de l'administrateur local. Une dizaine de Touareg torturés à mort à Maradi. A Tahoua, des centaines de personnes liquidées, achevées sur ordre.

Dans les villages, les habitants sont systématiquement triés, les Touareg d'un côté, le reste de l'autre. Des centaines prennent la direction des bagnes du désert, vers Dirkou et Bilma, en camion militaire. Ce chemin-là, ils le connaissent bien. Certains l'ont parcouru en caravane pour aller chercher le sel. Mais maintenant tout cela est loin, à jamais relégué dans le passé. Avant Tchin-Tabaradène.

Pendant que les soldats violent, pillent et tuent, les plus hauts responsables du Niger diffusent la version officielle, celle d'une attaque rebelle contre Tchin-Tabaradène. Et comme toute bêtise a son apôtre et chaque connerie son héraut, Ibra Galadima, membre du mouvement national de la société de développement, déclare haut et fort qu'il faut « dénombrer tous les Touareg et les exterminer ».

Paroles sinistres prononcées à Niamey lors d'un congrès du M.N.S.D., le parti unique au pouvoir, en présence du chef de l'État et des membres de son gouvernement. Personne dans cette illustre assemblée ne croit utile de critiquer la monstruosité de l'intervention, de l'intervenant.

Tout cela, je le raconte au présent, parce que les journalistes à qui nous l'avons rapporté l'ont sorti du passé, l'ont remis au présent. Pour des raisons de style, paraît-il. Mais, en ce qui nous concerne, les atrocités commises contre les Touareg en mai 1990 restent effectivement encloses dans le présent. C'est comme si on les avait encore présentes, devant les yeux : tous ces morts ensevelis dans le désert, ces vieillards qu'on déshabille pour les promener en jeep devant tout le monde, ces enfants cachés dans les arbres et qu'on fait tomber à coups de fusils.

Au présent, car victimes et bourreaux continuent à hanter nos cauchemars d'aujourd'hui. Les militaires parlent de « bavures ». Mais reste un crime effroyable auquel les autorités, depuis que leurs démentis ne servent plus à rien, se réfèrent par un nom bien pudique : « les événements de Tchin-Tabaradène ».

Non, nous n'avons pas oublié et, tant que justice ne sera pas faite, nous ne pourrons pas non plus pardonner. Le gouvernement chiffre le bilan des « événements » à 70 morts, les organisations internationales à 600 environ. Les Touareg, eux, parlent de plus d'un millier. Qui saura jamais ?

A Agadez, les nouvelles sur ce qui se passait dans la région de Tchin-Tabaradène arrivaient au compte-gouttes. La vérité est tellement difficile à appréhender, si abstraite lorsque officielle, quand l'État seul contrôle le flux et la teneur des informations. Mais nous avons fini par savoir et ce savoir a changé notre vie.

La plupart du temps, les nouvelles arrivaient par des gens qui avaient pu s'échapper de leur désert. Un jour, deux vieillards sont entrés dans mon bureau. Ils m'ont raconté l'histoire d'un troisième qui n'avait pas eu la force de venir. Les militaires avaient fusillé ses deux fils devant lui pour le « faire parler ». Le pauvre n'avait absolument rien à dire. Alors il regardait en silence ses fils mourir. Le vieux qui me relatait ces faits en avait les larmes aux yeux. Je n'ai jamais supporté de voir les vieillards pleurer. Il n'existe rien de plus terrible.

Que faire ? Mes amis et moi, nous sentions tous que quelque chose s'était définitivement brisé. Comment continuer à vivre et travailler comme si rien ne s'était passé, à promener nos touristes dans un magnifique désert que les militaires étaient en train de vider de ses habitants ? Qui pouvait nous entendre ? Le gouvernement qui niait son crime ? Nos médias qui étaient muselés ?

Je décidai donc d'aller voir l'ambassadeur de France. On était au mois de juin 1990, et le président Mitterrand allait prononcer un très beau discours lors du sommet franco-africain de La Baule. Paris était en train de réajuster sa politique africaine. Désormais les Français voulaient exiger une contrepartie politique à l'aide accordée aux gouvernements des pays francophones tel le Niger. Plus de démocratie, un respect plus rigoureux des droits de l'homme devaient être le prix à payer pour s'assurer du soutien de la France.

Malheureusement, les temps nouveaux étaient encore inconnus de l'ambassade française à Niamey. J'y expliquai notre point de vue : la France, étant donné son poids économique au Niger, pouvait conseiller au président Saïbou de faire cesser ce cycle d'horreurs. L'ambassadeur partit voir notre chef de l'État. Le soir il revint en disant : « Le président m'a dit que l'on raconte n'importe quoi. Ce n'est pas vrai. Il n'y a pas eu de morts. Tout cela est faux. »

Déprimé, je rentrai chez moi à Agadez. Au bout d'une semaine, Ali Saïbou fit un discours devant l'Assemblée nationale, en expliquant que des rebelles touareg avaient attaqué les gendarmes et que l'armée, en ripostant, avait tué 70 assaillants. Le Niger l'avait donc échappé belle.

Tout le monde applaudit et, partout dans le pays, on commença à montrer les Touareg du doigt, comme de dangereux rebelles, des antipatriotes. Même les enfants touareg qui étaient logés par des familles haoussa à Tahoua où ils fréquentaient l'école, furent expulsés. Le président en personne les avait désignés à la vindicte populaire.

Je retournai voir l'ambassadeur français pour lui rappeler les contradictions qui existaient entre ce qu'il avait appris par Ali Saïbou et le discours prononcé par le président devant le parlement. « Vous voyez, lui dis-je, ou la France soutient un homme qui ment, ou bien elle a affaire à un homme naïf dans le dos de qui l'armée fait ce qu'elle veut. »

L'ambassadeur me répondit qu'il n'y pouvait rien. C'était une situation bien embarrassante. Je lui dis que je partirais en France pour dénoncer et le massacre, et le mensonge dans la presse et qu'après j'irais peut-être en prison. L'ambassadeur eut une réponse laconique : « Vous irez peut-être en prison, et moi je ne serai peut-être plus ambassadeur. » Notre entretien s'est clos sur ces mots.

A Paris, notre campagne de presse marcha à merveille. Toutes les personnes rencontrées dans les rédactions furent très sensibles au problème. Tout le monde accepta de révéler, de dénoncer, d'aider à faire connaître la gênante vérité. Je ne pourrai jamais assez remercier tous ces gens fantastiques. C'est grâce à eux que les Touareg pensent aujourd'hui que la France reste la patrie des droits de l'homme, grâce aux citoyens qui exercent librement ce droit démocratique consistant à dénoncer l'injustice où qu'elle se produise, afin d'empêcher que l'on y meure dans la solitude et l'oubli.

La campagne menée en notre faveur par les médias français eut l'effet d'une bombe au Niger. A mon retour, je ne fus pas inquiété par les autorités. Le président Ali Saïbou m'expliqua à quel point il aimait les Touareg. D'autres cotisaient pour venir en aide aux victimes de la répression. Seul l'ambassadeur français continua à m'en vouloir.

La presse française avait donc rétabli la vérité au Niger, et le peuple nigérien finit par se demander qui étaient les vrais responsables des « événements de Tchin-Tabaradène ». Peu de gens osaient encore accuser les Touareg. Ceux d'entre nous que le gouvernement cherchait à faire condamner furent tous acquittés lors d'un procès spectaculaire à Niamey en février 1991. Le Niger semblait se ressouder par un immense élan du cœur.

Cependant, les temps d'une solution heureuse étaient déjà révolus. Les « événements » avaient déclenché un processus qui allait suivre désormais sa propre dynamique. Une partie des ishomar prit les armes – des kalachnikov ramenées de Libye – et commença à s'installer dans les montagnes.

D'abord au Mali. Dans l'ensemble, les populations touarègues de ce pays ont toujours plus souffert que nous, Touareg du Niger. Ils étaient donc plus aigris, plus déterminés au début. Pour le retour de leurs réfugiés de Libye et d'Algérie, eux aussi avaient eu droit à un « plan FIDA » prévoyant un aménagement des surfaces agricoles et la reconstitution du cheptel. Et eux non plus n'avaient jamais vu l'ombre de l'aide promise.

La première action de leur guérilla fut directement liée aux massacres de Tchin-Tabaradène. Des Touareg fuyant la grande tuerie perpétrée par l'armée nigérienne traversèrent la frontière du Mali en juin 1990. Ils furent arrêtés par les militaires et emprisonnés au poste de Menaka. En les libérant par la force, le 29 juin, les combattants du Mouvement Populaire pour la Libération de l'Azaouad firent quatorze victimes chez l'« ennemi » et emportèrent un stock important d'armes et de munitions.

La guerre du Mali a été terrible. Comme en 1963, l'armée s'en prit immédiatement à la population civile. Un comportement qui ne s'explique pas seulement par la haine mais aussi par la stratégie antiguérilla qui vise à « sortir le poisson de l'eau », en s'attaquant en priorité aux civils qui soutiennent les combattants.

Cette « eau », elle s'enfuyait massivement vers l'étranger. En avril 1992 lorsque les adversaires signèrent l'arrêt des combats, plus de 100 000 Touareg et Maures se trouvaient dans des camps de réfugiés situés en Algérie et en Mauritanie. Leurs conditions de vie sont insupportables ainsi que l'ont attesté plusieurs missions humanitaires. D'autres exilés végetant dans la plus complète indifférence autour de Niamey; on peut les y voir réduits à la mendicité, tendant la main à chaque carrefour, près de chaque feu rouge de la capitale. Nul ne sait encore combien de civils ont dû payer de leur vie la stratégie appliquée par l'armée malienne.

La presse et les organisations internationales ont

amplement dénoncé les exactions commises. Je ne veux pas revenir à tous ces récits documentés en détail. Il m'importe en revanche de citer une lettre que j'ai reçue de la part d'un ami européen qui réside au Mali. Il se trouvait impliqué un peu par hasard dans ce conflit qui, *a priori*, ne le concernait pas. Son témoignage me touche beaucoup, car c'est un homme humble et honnête.

« J'écris ces mots ayant sous les yeux la photo d'une amie touarègue qui était torturée à la " gégène " pendant que je me trouvais à la Sûreté de Bamako. On m'y interrogeait longuement (pendant onze heures et demie d'affilée) sur mes relations avec les Touareg, mes conversations avec les Touareg, mes déplacements dans les campagnes touarègues. C'était en août 1990. La chasse aux Touareg battait son plein.

Déjà, à Gao, certains de mes amis étaient morts sous les coups des forces de l'ordre et cela bien avant l'attaque de Menaka. D'autres attendaient leur exécution. Elle eut lieu peu de temps après et de façon sinistre : sommairement fusillés, ils furent achevés, écrasés sous les roues des véhicules blindés.

Peu de temps après, les arrestations en masse ont commencé. Il suffisait d'être jeune, d'avoir la peau claire et de porter le taguelmoust, le turban touareg, pour être emmené à la police. J'ai vu un homme traverser la place du marché aux animaux. Il avait une démarche saccadée. Les gendarmes l'ont interpellé : " Toi, tu as appris à marcher au pas en Libye. " Arrêté !

Les femmes non plus n'étaient pas à l'abri des menaces. Quand elle faisaient leur marché, les autres femmes songhaïes et bambaras leur lançaient à la figure : “ Vous, les Rouges, on vous tuera ! ”

Je n’ai pas la science suffisante pour appréhender toutes les données du problème touareg. Mais il y a un élément maintes fois confirmé. C’est la haine profonde que les gens du Sud et, en particulier les militaires, ont manifesté à l’égard des Touareg et des Maures au cours de ces événements.

Jamais la révolte touarègue n’a été dirigée contre les populations noires. Le conflit n’a pris un caractère racial que par le fait de l’armée qui, en avril 1991, a orienté les bas instincts de la populace contre les Touareg et les Arabes de Gao, puis de Tombouctou. »

De ce témoignage si important, je voudrais prendre à mon compte l’une des affirmations fondamentales en l’appliquant à la situation actuelle au Niger : jamais la révolte touarègue n’a été dirigée contre les populations noires. Et elle ne le sera jamais.

Si j’ai un seul reproche à faire à un certain nombre de journalistes, à leurs commentaires sur notre lutte, c’est de s’être un peu trop servi de l’imagerie classique opposant les « esclaves » aux « maîtres », les Noirs aux Blancs. En ce qui concerne les Touareg, notre communauté se compose d’hommes de toutes sortes, à la peau noire comme à la peau claire. Nous nous considérons davantage comme une famille de culture plutôt que de sang. Nous ne voulons revenir ni aux temps des rezzous ni à l’époque de la « colonisation blanche ». Nous rêvons à l’avènement d’une société africaine sans préjugés raciaux.

Au Niger, la guérilla s’installa dans l’Aïr à partir

de juin 1991, plus d'un an après les « événements de Tchin-Tabaradène » au moment même où débutait à Niamey la conférence nationale. Ce grand forum démocratique correspondait aux vœux et aux aspirations de toute la population du Niger. Il devait sa convocation moins à la volonté du régime en place qu'à la double pression exercée par la France et l'opposition de l'intérieur.

La France, suite au discours du président Mitterrand lors du sommet de la Baule, favorisait partout les forces démocratiques avec une nette préférence pour ce processus d'autopurification appelée conférence nationale.

Réunies autour d'une grande table les différentes forces politiques, économiques et sociales d'un pays se voyaient invitées à dresser le bilan des mauvaises gestions, malversations, exactions et autres scandales passés sous silence pendant trente années d'indépendance. Après, le pays était censé repartir sur des bases nouvelles, celles de la démocratie et du libéralisme économique.

Il y avait déjà eu des conférences nationales dans d'autres pays francophones, tels le Bénin, le Congo et le Togo. Sans succès convaincants toutefois. Au Niger où le gouvernement traînait les pieds, la convocation de la conférence fut hâtée par la réaction importante aux troubles qui avaient secoué Niamey en février 1991. Des étudiants exprimant le ras-le-bol quasi général du pays avaient défilé dans les rues de la capitale. Une fois de plus, la répression avait sombré dans l'excès. Quand les forces de l'ordre en eurent fini avec les manifestants, plusieurs morts restaient sur le pavé.

Le Niger, pays traditionnellement plus pacifique que le Zaïre ou le Nigeria par exemple, fut profondément choqué par les « événements de Niamey ». Syndicats, étudiants et autres associations professionnelles firent vite comprendre au gouvernement que la manière forte ne saurait plus suffire pour intimider ni faire reculer un peuple résolu à s'emparer de ses droits fondamentaux. Le régime céda et la conférence nationale fut enfin convoquée. Elle devait réunir 1 200 délégués et s'étaler sur cent jours, record continental absolu.

A Agadez, nous étions naturellement informés de l'arrivée des rebelles dans l'Aïr. Nous savions aussi que, écœurés par ce qui s'était passé à Tchin-Tabaradène, ces jeunes combattants, pour la plupart, ne croyaient plus du tout à un avenir touareg à l'intérieur de l'État nigérien. Mais nous pensions que la conférence nationale méritait notre attention. Ne voulait-elle pas écouter nos propositions visant l'instauration d'un système fédéral au Niger ? Et surtout, n'avait-elle pas mis sur son ordre du jour une discussion approfondie à propos des massacres de mai 1990 ?

Les rebelles du Front de Libération de l'Aïr et de l'Azawak (F.L.A.A.) restaient sceptiques face à nos derniers espoirs. Ils brûlaient d'impatience de passer à l'action. Le terme de fédéralisme non plus ne provoquait pas d'enthousiasme dans leurs rangs. Mais ils nous écoutèrent.

Alors, la rébellion décida une trêve. Le seul accrochage qui eut lieu dans l'Aïr pendant la conférence nationale fut plutôt dû au hasard. Dans la vallée de

Mamanet, célèbre pour ses gravures rupestres préislamiques, une patrouille militaire tomba sur un commando rebelle. Il y eut des dizaines de morts du côté des militaires. Le pays n'en a jamais rien su.

A Agadez, nous suivions avec passion les débats de la conférence nationale transmis en direct plusieurs heures par jour. Réunis autour de nos postes de radio et de télévision, fascinés, nous écoutions, regardions, ce déferlement de témoignages hallucinants sur des « affaires » cachées depuis trop longtemps. Les délégués accomplirent un travail impressionnant faisant sauter d'un coup tous nos tabous. De jour en jour, notre espoir grandissait de voir une telle assemblée juger les bourreaux de Tchin-Tabaradène.

Le Palais des Congrès de Niamey s'étant mystérieusement écroulé la veille du début de la conférence, celle-ci se tenait au Palais des Sports. Le présidium était installé sur une tribune en face de l'audience. Suivant l'ordre du jour, témoins et accusés intervenaient près d'un micro au pied de la tribune. Pour l'affaire de Tchin-Tabaradène, on avait en plus aménagé quelques sièges pour des invités touareg qui représentaient les familles des victimes.

Le point fort des débats sur les massacres fut la comparution du capitaine Maliki Boureïma. Tout un symbole pour les Touareg. C'était lui qui, en tant que commandant de la zone militaire de Tahoua, avait mené les opérations sur le terrain. Ses supérieurs ayant au préalable décliné toute responsabilité dans les « événements », Maliki se déchaîna d'abord contre le président de la République. D'après les déclarations du capitaine, Ali Saïbou avait été au courant de tout, donnant même l'ordre de « ne pas faire des prisonniers ».

A part cela, Maliki reconnut toutes les horreurs qu'on lui reprochait. Mais, conclut-il, c'étaient là les ordres, et un bon militaire doit obéir à ses chefs. Avec ses manières de baroudeur grande gueule, le capitaine avait peu à peu gagné les sympathies d'une partie de la salle. Et lorsque Maliki, petit sourire aux lèvres, raconta comment, de ses propres mains, il avait « achevé » un pauvre vieux trop affaibli par la torture, l'inimaginable arriva : l'audience applaudit le bourreau.

L'intérêt que portait la communauté touarègue à la conférence ou à toute autre question nationale s'évanouit à cet instant même. L'assassin des Touareg se vantait de ses exploits et des centaines de délégués, représentant la nation, approuvaient bruyamment. Assis à quelques mètres seulement de Maliki, les parents des victimes se figèrent, glacés par l'horreur, humiliés devant le pays entier. A Agadez, nous ne nous sentions pas mieux. Médusés et incrédules devant nos postes de télévision, nous continuions à regarder cette image insolite, à jamais gravée dans notre mémoire blessée.

Pour sauver ce qui lui restait d'honneur, la conférence nationale décréta l'incarcération du capitaine Maliki Boureïma et sa mise à la disposition de la justice. Est-il nécessaire de préciser que ladite justice n'allait jamais avoir l'occasion de se prononcer sur les crimes de cet homme ? Il était trop bien protégé. Entre les Touareg et un assassin notoire, le Niger, à travers ses plus hautes instances, avait choisi le criminel.

Ajoutons encore un petit détail au récit de cette triste affaire Maliki. L'homme que le capitaine s'est vanté d'avoir achevé s'appelait Abdoulmoumine Mohamed. C'était lui qui, en 1989, s'était entretenu avec le président Ali Saïbou en Libye. Lui encore qui, de tout son poids et son prestige, avait poussé les ishomar à faire confiance au gouvernement nigérien et à rentrer au pays. Abdoulmoumine était le symbole de la politique de rapprochement entre le Nord et le Sud.

Lors d'une seconde audience devant la Commission des crimes et abus, Maliki revint sur ses déclarations faites en séance plénière de la conférence nationale. Il avoua ne pas avoir tué Abdoulmoumine pour abréger ses souffrances, mais « parce que c'était un chef touareg et qu'il fallait en finir avec les chefs ».

Les événements qui se sont déroulés entre le témoignage de Maliki et le moment où j'écris ces lignes ont souvent pris une allure rocambolesque. J'y ai trouvé ma part d'émotions fortes et de mésaventures, mais aussi d'innombrables raisons d'être fier du peuple dont je suis issu.

Aujourd'hui militaires et ministres m'accusent d'être rebelle. S'ils veulent dire par là que je soutiens la cause touarègue contre la raison d'État nigérienne, alors je l'avoue volontiers : oui, je suis rebelle. S'ils m'accusent d'avoir d'excellents rapports avec le Front de Libération de l'Aïr et de l'Azawag, d'approuver nos jeunes guérilleros dans leur lutte courageuse, là encore, je ne me défendrai pas.

Si en revanche ils me soupçonnent de parcourir, à mes heures libres, les oueds de l'Aïr, kalachnikov à la main, je dois décevoir mes accusateurs. Je n'en suis pas encore là, mais qui peut savoir ce que l'avenir réserve ? Après tout, les rébellions, ce sont les États eux-mêmes qui les sécrètent. Et les guérilleros, ne sont-ils pas avant tout des gens à qui on a dénié le droit de se faire entendre autrement que par les balles et la dynamite ?

Étonnante est la propension des gens réputés responsables à distiller des rumeurs insensées. Après l'incident Maliki, quelques délégués à la conférence nationale semèrent le bruit que Mano Dayak marchait droit sur Niamey, à la tête d'une bande de Touareg mécontents du déroulement des débats sur Tchin-Tabaradène et fortement armés. Cette fausse nouvelle en a surpris beaucoup, moi le premier.

Cependant, la piètre, désolante performance de la conférence relativement à ce problème allait avoir quelques conséquences plus réelles. Le F.L.A.A. estima que l'heure était venue de formuler nos exigences de manière forte, de ne plus reculer devant l'emploi de la force.

Vers la mi-octobre, une véritable bataille opposa les rebelles aux militaires dépêchés dans l'Aïr à partir de la caserne des mines d'uranium d'Arlit. A nouveau, l'armée ne se couvrit pas de gloire lors de ce combat, et dut se retirer sans victoire. Très vite, le moral des troupes se trouva atteint. Affronter un adversaire armé était autre chose que de massacrer des populations sans défense.

Oui, l'heure était venue, causée par les erreurs des

autorités nigériennes. Au contact des populations de l'Aïr, les rebelles comprirent vite combien les massacres de Tchin-Tabaradène avaient enfin rapproché les différentes communautés touarègues les unes des autres. Qu'ils fussent nomades ou jardiniers, notables urbains ou ishomar, tous maintenant réclamaient la même chose : que justice soit faite, qu'au besoin nous la fassions nous-mêmes et que cette lutte aboutisse finalement à la réparation durable de nos souffrances.

L'union des Touareg, le rêve de Kaocen, paraissait enfin réalisable. Puisque nous visions tous un même objectif, il ne nous restait plus qu'à nous mettre d'accord sur les moyens d'y arriver, en veillant toutefois à ce que ce débat-là ne soit pas une source renouvelée de division.

La question fondamentale, à savoir s'il fallait donner la priorité à la lutte politique ou armée, ne se posait plus en ces termes. Ayant subi la violence des « événements » de Tchin-Tabaradène, il était clair que nous ne pouvions désormais nous priver d'une défense armée. Lutte politique et lutte armée étaient devenues complémentaires.

A partir de ce constat, chacun put définir son rôle selon ses propres qualités et possibilités. Un jour Rissa ag Boula, qui était le directeur financier de l'agence « Temet-Voyages », me fit part de sa décision de rejoindre les rebelles dans la montagne. Je savais que Rissa entretenait depuis longtemps des relations étroites avec nos jeunes combattants, même quand ceux-ci se trouvaient encore en Libye. Ainsi, Rissa partit pour l'Aïr. Peu de temps après, il prit le commandement du F.L.A.A.

Personnellement, je suis resté un homme profondément attaché au dialogue politique. Je crois à la bonne volonté de la plupart des hommes, à leur désir de chercher, par compromis et sacrifices, la voie pacifique, celle du moindre mal. Je continuai donc à militer à l'intérieur de l'Union pour la Démocratie et le Progrès Social (U.D.P.S.), un des partis nés de la nouvelle donne politique au Niger.

L'U.D.P.S. a souvent été accusé par ses adversaires d'être le « parti touareg ». En vérité, il réunit des hommes et des femmes venus de tous les horizons. Ce n'est pas un parti ethnique. D'un autre côté, il est vrai que beaucoup de Touareg militent dans ses rangs. Vrai aussi que la solution du problème touareg constitue une de ses exigences principales, car nous ne croyons pas à la possibilité d'un progrès social tant qu'une partie du peuple nigérien en sera exclue précisément à cause de son appartenance ethnique, comme cela a été le cas pour les Touareg depuis trente ans.

Dans ce sens, le F.L.A.A. et l'U.D.P.S., qui n'a jamais été le représentant politique de la rébellion, se retrouvent sur l'essentiel : la démocratisation du Niger à travers un système multipartite et l'organisation d'élections honnêtes ne saurait plus suffire, à elle seule, à résoudre nos difficultés. La « nation nigérienne » n'est qu'un mythe, séduisant certes, mais irréel. Elle a été forgée par la contrainte coloniale et maintenue depuis par l'autoritarisme sévère d'un pouvoir centralisateur et jaloux de ses prérogatives.

Dans ces conditions, que peut signifier la démocratisation ? Au lieu de nous unir, elle permet seulement d'exprimer ce qui nous sépare. Des antagonismes profonds fondés sur des différences plus ethniques que sociales. Nous ne pouvons pas faire abstraction de toutes ces années écoulées depuis l'indépendance.

Déjà les Français avaient sciemment divisé leurs colonisés pour mieux régner sur eux. La décolonisation profita davantage aux gens de la capitale, mieux encadrés scolairement, et privilégia ainsi les Djerma qui héritèrent du pouvoir. L'histoire du Niger depuis l'indépendance est l'histoire de la domination djerma.

Au fil des années, cette élite politique s'est vue obligée de composer avec les Haoussa, plus nombreux et détenteurs du pouvoir économique. Et les Haoussa pensent qu'ils n'ont toujours pas eu une partie équitable du gâteau. Alors que doivent dire les Touareg, les Toubous, les Peuls et autres ethnies écartées de la distribution des richesses dites nationales ?

Le problème de l'appartenance ethnique continuera forcément à peser d'un poids lourd sur notre développement politique quel qu'il soit. En démocratie, les électeurs nigériens voteront pour le parti ou le candidat qui incarnera le mieux leur « tribu ». Alors le multipartisme reflétera parfaitement la multitude ethnique et faire voter les Nigériens équivaudra à un recensement : tant de Haoussa, tant de Djerma, tant de Touareg et d'autres.

Cette démocratie-là ne nous intéresse pas. Elle ne ferait que légitimer en apparence la domination d'un

Sud sahélien dix fois plus peuplé que le Nord saharien. Nous pensons en revanche que la démocratie peut trouver tout son sens si elle se voit doublée d'un système fédéral qui tiendra compte des différences ethniques et culturelles. Que chacun soit responsable de son développement régional et local et que tous se retrouvent librement réunis dans un projet national qui n'étouffe personne.

Comme je l'ai déjà dit, les combattants du F.L.A.A., au départ, ne voulaient rien savoir de nos histoires de fédéralisme. Les jeunes qui revenaient de Libye avaient toujours rêvé d'indépendance. Ils soutenaient avec force que le moment historique était propice à la réalisation de leur projet.

L'argumentation des rebelles tenait la route. Elle était simple : partout dans le monde, des ensembles étatiques artificiels ont éclaté. L'Union soviétique se défait, de même la Yougoslavie, alors que les deux États allemands, libres de leur choix au bout de quarante ans de séparation, se sont réunifiés dans le cadre d'une nation. Comment refuser à l'Afrique ce que l'Europe considérait comme étant son droit ?

Et puis, faisaient remarquer les rebelles, il y a l'Éthiopie. Depuis la chute du régime du colonel Mengistu, balayé par les guérillas d'Érythrée et du Tigré, l'indépendance érythréenne est déjà un fait et, par là, constitue un précédent significatif pour l'Afrique entière. Elle renvoie aux oubliettes l'Organisation de l'Unité Africaine et ses principes sur l'immuabilité des frontières héritées de la colonisation. Alors pourquoi pas une République touarègue ?

Nous écoutions tous ces arguments et les approuvions. Mais pour ce qui était de la conclusion, nous n'étions pas d'accord. A quoi pouvait ressembler cette future Afrique des États-nations ? A notre avis, il n'était pas certain que tous ces nouveaux ensembles politiques puissent constituer autant d'entités économiques viables. Et de toutes les manières : de quel prix de sang et de larmes faudrait-il payer le séparatisme ?

Finalement, les rebelles se laissèrent convaincre. Oui, il valait mieux chercher un arrangement pacifique par l'instauration d'un dialogue avec le reste du Niger. Si nous nous respections tous, nous pourrions à nouveau, ou plutôt pour la première fois, vivre ensemble. Va pour le fédéralisme !

En octobre 1991 à la fin de la conférence nationale, le nouveau Premier ministre, Amadou Cheffou, lança un appel au dialogue entre le gouvernement et les rebelles. Pour nous tous, c'était une bonne nouvelle. Je me trouvais alors à Niamey et j'invitai chez moi les représentants de la communauté touarègue dans la capitale les plus susceptibles de contribuer au projet initié par le chef du gouvernement. On avait prévu un dîner pour 24 personnes, nous étions 300 à la fin de la nuit.

Ce fut une réunion très émouvante. Des étudiants, gardiens de nuit, petits et hauts fonctionnaires, anciens ministres discutaient pêle-mêle de la meilleure façon d'éviter cette guerre qui ne pouvait être que terrible pour tout le pays.

Tous ces gens ne s'étaient pas rassemblés ainsi depuis Tchin-Tabaradène, et le souvenir du massacre provoqua inéluctablement quelques règlements de compte. Les jeunes étudiants critiquaient vivement ceux qu'ils appelaient les « barons », les quelques rares Touareg qui, dans le passé, avaient accepté de servir comme ministres, secrétaires d'État ou ambassadeurs. En fait, disaient les jeunes, les barons avaient surtout servi de justification à un pouvoir qui, grâce à eux, pouvait dissimuler sa politique haineuse envers les Touareg.

J'insistai beaucoup pour que tous ces reproches, soupçons et critiques soient émis librement. Nous avions besoin d'une clarification saine dans nos affaires. Au bout de quelques heures, les esprits se calmèrent. Nous commencions à mieux nous comprendre, à nous apprécier mutuellement. Tous étaient d'accord pour dire que désormais les Touareg devaient rester unis face aux graves dangers qui nous menaçaient.

Au petit matin, l'ambiance était chargée d'émotion. Des comités pour la paix furent créés, et une lettre envoyée au Premier ministre. Elle faisait part de la disposition de l'entière communauté touarègue à œuvrer au dialogue entre le gouvernement et les rebelles.

Quelques jours plus tard, nous reçûmes une drôle de réponse. Elle était formulée par André Salifou qui avait présidé la conférence nationale et exerçait alors la fonction de président du Haut Conseil de la République, l'organe législatif de l'époque. Dans une conférence de presse, Salifou minimisait la portée de notre démarche pour la paix. Les signataires de la lettre, disait-il, n'étaient pas représentatifs de leur communauté.

La situation était complexe. Par les déclarations de Salifou, nous comprenions qu'il devait y avoir des tiraillements entre les hauts responsables de la république concernant la politique à adopter face au problème touareg. Depuis la fin de la conférence nationale, le pouvoir était partagé entre les « organes de la transition » mis en place pour mener à terme le processus de la démocratisation. Ils devaient disparaître avec l'élection d'un nouveau parlement et d'un nouveau président.

Jusque-là, les hommes forts de Niamey étaient André Salifou, Amadou Cheffou, le Premier ministre et, dans une moindre mesure, Ali Saïbou, président désormais honorifique mais homme politique assez doué pour avoir survécu aux graves accusations portées contre lui lors de la conférence nationale.

A part cela, il existait encore les pouvoirs difficilement mesurables de l'armée et de l'ambassade de France. La première pouvait toujours envisager un coup d'État, la seconde servait surtout à l'en empêcher, notamment en payant les arriérés de solde que l'État en faillite devait à ses défenseurs en uniforme.

Salifou, qui visiblement nourrissait de grands projets politiques, se rapprochait de plus en plus de l'ambassade de France et multipliait les signes, les appuis et les éloges à l'égard de l'armée. Sachant que les militaires refusaient d'envisager sérieusement des négociations avec le F.L.A.A., il commença à mettre des bâtons dans les roues du gouvernement chaque fois que celui-ci parlait de dialogue avec les rebelles.

L'ambassade aussi semblait insensible au charme du fédéralisme proposé par les Touareg. Tout ce qu'on entendait de son côté consistait en de vagues commentaires émis par des fonctionnaires compassés et insinuant que, « raisonnablement », le Nord ne pouvait rien attendre de plus que quelques « projets de développement ». A part cela, l'ambassadeur, d'une manière équivoque, soutenait Salifou. Comme je l'ai dit, la situation était complexe.

L'homme qui, dans le gouvernement, recherchait vraiment et inlassablement une solution par voie de dialogue était Mohamed Moussa, le ministre de l'Intérieur. Étant touareg lui-même, Moussa se trouvait doublement concerné par le problème : il voulait la paix pour le Niger et pour les Touareg.

Après la douche froide occasionnée par la réponse de Salifou, l'apparition de Mohamed Moussa sur la scène de la politique touarègue nous remplit d'enthousiasme. Le gouvernement désigna officiellement le ministre de l'Intérieur comme médiateur, avec « carte blanche » pour initier le dialogue. Et Mohamed Moussa est un homme honnête, un homme d'honneur.

Pourtant nous allions tous déchanter. La marge de manœuvre du ministre parut vite des plus limitées. A la mi-janvier, Mohamed Moussa vint à Agadez pour tenter de prendre contact avec les rebelles de l'Aïr. Avant d'avoir pu mener à bien sa mission, il reçut l'ordre de cesser toute activité dans ce sens et de regagner Niamey dans les vingt-quatre heures.

Cette interruption du dialogue correspondait à une volonté d'escalade militaire. L'armée connaissait de plus en plus de déboires dans ses tentatives de contenir la rébellion. La tension était extrême. Des commandos rebelles avaient attaqué plusieurs gendarmeries et postes administratifs, mais restaient insaisissables alors que les militaires mettaient en branle des dispositifs bien trop lourds pour être efficaces dans le combat antiguérilla.

Aussi, l'état-major se montrait toujours plus exigeant. Le gouvernement, qui déjà ne pouvait plus payer ses fonctionnaires, se crut obligé de céder. Tout en mettant en avant un ministre touareg, il armait ses soldats pour mater les rebelles.

Notre voisin, le puissant Nigéria, fut également sollicité pour contribuer à l'effort de guerre. Il fit gracieusement don de 650 millions de francs CFA pour l'achat de nouveaux armements et fournit du carburant à l'armée nigérienne. Dans le Sud saharien, on se préparait sérieusement à la guerre.

Craignant le pire, les Touareg se réunirent alors à Agadez, Tahoua et Niamey pour créer un comité de médiation, appelé la « commission touarègue ». Trente personnalités, dont moi-même, furent désignées pour aider à l'instauration du dialogue. La commission se mit instantanément à la disposition du gouvernement.

De son côté le F.L.A.A. libéra son seul prisonnier civil, le chef du poste administratif d'Abarbissane, chargé de transmettre un communiqué au gouvernement. Le message proposait l'ouverture d'un dialogue tripartite qui réunirait les rebelles, des membres du gouvernement et de la commission touarègue. L'armée ayant refusé d'accompagner le préfet pour récupérer le chef de poste et son message, je fus prié – sur l'insistance du ministre de l'Intérieur et du préfet – de le guider jusqu'au prisonnier. Cela contribua à accentuer les soupçons des militaires à mon égard.

Vers la même époque, la tension commença à monter sensiblement à Agadez. Les militaires étaient persuadés que les véritables chefs de la rébellion se trouvaient dans la ville. En premier lieu, ils pensaient à moi. Des gendarmes en civil se mêlaient aux badauds pour écouter les conversations. Alors un climat de méfiance et de suspicion générale s'installa dans cette belle ville qui, grâce à son caractère de grand carrefour entre le Sahel et le Sahara, avait de tout temps été réputée pour son ouverture et sa tolérance.

Touareg et Haoussa, hier encore meilleurs voisins, se regardaient en chiens de faïence. D'étranges affiches avaient été collées sur le mur de l'hôpital intimant « l'ordre » à tous les Haoussa de quitter la ville. Sinon les rebelles touareg leur « feraient la peau ».

Je suis absolument certain que ces affiches ne provenaient pas de notre côté ni d'aucune autre source touarègue. Nous avons toujours vécu en bonne intelligence avec ces Haoussa qui habitent la cité depuis des générations et que, de ce fait, on appelle « Agadéziens ». Ils étaient chez eux à Agadez, et les voir effrayés de telle manière nous faisait beaucoup de peine.

J'ai donc pris l'initiative de contacter nos amis haoussa. Nous leur avons expliqué qu'il ne fallait pas laisser des gens malintentionnés nous dresser les uns contre les autres. Pour eux, ce fut un grand soulagement. Nous avons constitué un comité mixte qui, à partir de là, siégea tous les lundis. Il n'y a plus eu de problèmes.

En fait, nous savions très bien à qui il fallait imputer la responsabilité des nombreux incidents qui empoisonnaient la vie à Agadez. Il s'agissait de Moussa Dan Bagi qui exerçait les fonctions de chef de la gendarmerie avec le grade de capitaine. Un personnage sinistre, tortionnaire par vocation. Il passait ses journées à se soûler dans les bars malfamés et ses nuits à faire la chasse aux Touareg.

« Le capitaine » était l'être le plus détesté de la ville. A plusieurs reprises, nous avions demandé son départ qui nous avait été promis par le Premier ministre en personne. Qu'en dépit de cette requête, Moussa Dan Bagi ait pu continuer à sévir à Agadez en dit long sur le pouvoir obscur de l'armée dont le contrôle échappe complètement au pouvoir civil.

Cependant le gouvernement profitait de notre estime pour le ministre de l'Intérieur afin de nous faire croire à une poursuite sincère dans la préparation du dialogue. Au début du mois de février, Mohamed Moussa nous envoya un de ses conseillers afin d'essayer encore une fois de prendre contact avec les chefs de la rébellion.

Beaucoup d'entre nous n'oublierons jamais ce

voyage. Tous voulaient en faire partie. Tous pensaient qu'il était « historique ». Les véhicules furent gracieusement mis à la disposition de la mission par des agences touristiques appartenant à des Touareg, qui prirent également à leur charge les frais de carburant et d'intendance. Je crois que nous aurions tout donné pour trouver une solution pacifique à ce conflit Nord-Sud du Niger.

Malgré les garanties consenties par le gouvernement et l'armée, notre hantise commune était de croiser des patrouilles militaires. Bien sûr, les autorités avaient été averties de notre mission puisque celle-ci était officielle. Notre voyage devait donc se dérouler sans problèmes.

C'était compter sans l'armée qui ignorait délibérément tous les ordres provenant de « civils » fussent-ils ministres. A notre arrivée dans l'oued de Zagado, une vieille femme nous avertit du passage des militaires dans son campement quelques heures auparavant. Les soldats avaient procédé à une minutieuse fouille des Touareg, de leurs tentes, à la recherche d'imaginaires preuves de collaboration avec les rebelles. Plus probablement, ils étaient à notre poursuite. Alors nous, guides touareg et enfants du désert, avons emprunté des pistes qui ne figurent sur aucune carte.

Malgré le danger, ce furent des journées merveilleuses. Parmi les membres de notre mission figuraient plusieurs vieux chefs touareg de l'Aïr. Des gens prestigieux comme Bokha, le chef du groupement de Kel Ferouane, ou Akhmad, un des chefs iforas. De toute leur vie, ils n'avaient jamais vu le Ténéré, le grand désert de sable qu'ils ne connaissaient qu'à travers les récits des caravaniers.

Leur émerveillement fut immense et alla s'accentuant au long de la semaine d'attente qui précéda notre rencontre avec les rebelles. Le soir, nous nous réunissions autour du feu pour de longues veillées, comme nous le faisions autrefois aux campements. L'envoyé du gouvernement, Souley Soumana qui, lui, était Djerma, sut grandement apprécier cette ambiance si caractéristique du désert.

Le messager chargé d'avertir les rebelles de notre arrivée ne put parvenir au but du voyage. Il lui fut impossible de passer le barrage érigé par les militaires en plein désert. Il fallut alors dépêcher quelqu'un d'autre, et le tout prit beaucoup de temps.

Lorsque la rencontre eut finalement lieu, le 9 février 1992, nous avions été rejoints par des journalistes européens. Je tenais énormément à la présence de ces témoins. Plusieurs fois déjà, les autorités avaient menti en prétendant n'avoir jamais reçu de messages de la part de la rébellion. Elles osaient dire que le gouvernement ne savait pas avec qui négocier ni ce que voulaient les rebelles.

Dans le même souci de transparence et d'information, un journalite nigérien non touareg, Moussa Kaka, vint quelques jours après que la mission eut rencontré les rebelles, se rendre compte de la situation sur place. Pour nous, Touareg, comme pour tous les Nigériens, il était important qu'un journaliste de la presse nationale puisse apporter une information neutre sur la rébellion, le traitement de ses prisonniers et sa réelle volonté de dialogue. Cela afin de couper court à toutes les spéculations fausses et dangereuses sur les revendications séparatistes de la rébellion.

A la fin de ce périple, la commission touarègue fut conviée à se rendre à Niamey pour rencontrer le Premier ministre. Au début de la réunion, l'atmosphère était lourde. Le Premier ministre se contenta de proposer des projets de développement pour le Nord, car à ses yeux le problème touareg était avant tout de nature économique. Je lui répondis que l'aspect politique l'emportait de loin.

Plus personne ne croyait alors à une quelconque suite positive à nos efforts de médiation. Toutefois, plus tard dans la soirée, le Premier ministre prit, devant nous, l'engagement formel de créer une commission gouvernementale chargée de tout mettre en œuvre afin d'instaurer un authentique dialogue. Amadou Sheffou répondait ainsi à notre souhait le plus cher. Je reçus comme mission de reprendre contact avec les rebelles pour les informer de l'imminente création de la commission gouvernementale.

Malheureusement, cette fameuse commission promise par le Premier ministre n'a jamais vu le jour. En même temps, le gouvernement, ne prenant plus le soin d'expliquer le caractère officiel de nos tractations, nous faisait apparaître non pas comme des médiateurs mais comme de dangereux rebelles, voire les porte-parole du F.L.A.A.

Tout cela devenait incompréhensible. Lors d'un discours, tenu à Tillabery, dans l'ouest du pays, le Premier ministre appela la population à une mobilisation générale contre la rébellion touarègue. En cela, il provoquait clairement la haine intercommunautaire. Pour beaucoup de Nigériens, rébellion touarègue signifiait Touareg tout court.

Voyant alors à quel point la situation était bloquée au Niger, je pris l'avion pour Paris, comme au moment des « événements de Tchin-Tabaradène ». Je décidai de miser sur la compréhension du gouvernement français afin qu'il apporte son soutien aux efforts de paix et de dialogue au Niger.

Naturellement, je voulus à nouveau profiter de cet espace de liberté qu'offrent les médias français. Le but de mon action était d'abord d'amener le peuple nigérien à réagir contre l'escalade militaire et à pousser les autorités nigériennes à la négociation. Et si l'élargissement du conflit devenait inévitable, la campagne de presse pourrait au moins tenter de protéger les populations civiles innocentes.

La veille de mon départ pour Paris, j'entendis des coups de feu dans les rues de Niamey. J'appris par la radio, qui ne diffusait que de la musique militaire, que la troupe avait procédé à un putsch. L'émetteur était occupé par les soldats ainsi que la télévision. Les mutins avaient également pris en otages le ministre de l'Intérieur et – on ne sait vraiment pas pourquoi – M. André Salifou, président du Haut Conseil de la République.

La troupe – c'est ainsi qu'elle s'identifiait elle-même avec insistance – exigeait dans un premier temps le paiement des arriérés de solde. Mais l'affaire prit vite une tournure plus politique. Les mutins affirmaient que la patrie devait rester « une et indivisible », que ses vaillants défenseurs ne permettraient pas des négociations pouvant amener à une dislocation du Niger. En outre, la troupe demandait la libération de son héros, le capitaine Maliki Boureïma, le bourreau de Tchin-Tabaradène, et sa réintégration dans l'armée.

A mon arrivée à Paris, j'appris que, pour l'essentiel, les mutins avaient obtenu gain de cause. Les « organes de la transition » avaient baissé les bras devant la force et ne faisaient plus que transiter vers le chaos. André Salifou expliqua qu'à aucun moment les militaires n'avaient songé à perpétrer un coup d'État et que lui-même, en tant qu'otage, avait été traité avec beaucoup de respect et d'amabilité. Fallait-il déduire qu'il avait passé d'agréables vacances en compagnie de quelques amis en uniforme ?

Ainsi chaque jour apportait son lot de nouvelles, les unes plus mauvaises que les autres. Le gouvernement fut remanié, Mohamed Moussa passa du ministère de l'Intérieur à celui du Tourisme et des Transports. Les autorités décidèrent mon interpellation et, ne me trouvant pas à Agadez, firent occuper ma maison ainsi que l'agence « Temet », locomotive économique de la région. Beaucoup de gens se sont ainsi retrouvés au chômage, signe précurseur d'une nouvelle asphyxie.

Le gouvernement justifia sa décision à mon sujet en invoquant les « témoignages » d'habitants d'Iférouane, oasis de l'Aïr qui venait d'être attaquée par les rebelles. Selon les « témoins » dont les noms ne furent jamais cités, j'étais l'instigateur de la rébellion et du désordre régnant dans la région. Afin d'en faire des proies faciles, j'aurais assuré les habitants que leur oasis ne serait jamais la cible d'une attaque rebelle. Par la suite, le chef du village d'Iférouane démentit formellement toutes ces aberrations.

Certes, l'heure n'était plus à la vérité depuis longtemps. L'Agence Nigérienne de Presse rapporta mon apparition à Tamanrasset, dans le sud algérien, pour y préparer d'autres attaques rebelles contre le Niger. L'affaire est d'autant plus risible qu'au moment même de mes supposées activités terroristes au Sahara je me trouvais en réunion avec Bernard Kouchner, le ministre français de l'Action humanitaire, pour discuter du soutien qu'il pourrait apporter à une solution négociée au problème nigérien. Les autorités algériennes opposèrent immédiatement un démenti formel à la campagne de désinformation menée par l'Agence Nigérienne de Presse.

Le récit de nos premiers efforts en vue de négociation de paix au Niger s'arrête là. Si je l'ai donné en détail, c'est parce qu'il s'agit de notre passé le plus immédiat, à la veille d'événements qu'au moment d'écrire ces mots je ne peux encore deviner, mais dont je sais qu'ils décideront du destin de notre pays. La paix connaîtra-t-elle une autre chance ? Le Nord et le Sud se retrouveront-ils sur le champ de bataille ou bien dans une compétition fraternelle et fructueuse pour le développement économique ?

Si les autorités de Niamey nous refusent de pouvoir nous assumer nous-mêmes, par nous-mêmes, de nous-mêmes nous prendre en charge, je crois qu'il ne nous restera malheureusement plus que l'épreuve de force. Mais alors il ne saurait plus être question d'un simple fédéralisme. La haine, la guerre et les atrocités érigeraient des barrières infranchissables pour qui songerait encore à une réconciliation entre les différentes communautés nigériennes.

Un conflit à grande échelle pourrait durer des années et, à mon avis, déborderait les frontières. A ce sujet il faut déjà s'inquiéter de l'aide matérielle apportée par le Nigeria à l'armée du Niger. Cela pourrait provoquer une puissante réaction de l'autre côté : nos frères maliens, qui actuellement se trouvent dans une situation de paix précaire, n'assisteraient pas inactifs au massacre des Touareg nigériens. Et qui sait comment réagiraient les quarante millions de Berbères d'Afrique du Nord ?

D'autres foyers de troubles, s'ils n'existent pas déjà, n'attendent qu'une étincelle pour se rallumer. Au Niger, les courageux Toubous, aux traditions nomades et guerrières comme leurs voisins touareg, ont connu le même sort que nous depuis l'indépendance : la même misère, le même mépris de la part du Sud. Combien d'autres encore pensent à se révolter ? Le Sahara, océan de paix autrefois, risque de se transformer en mer de larmes.

Quand je repense aux événements de ces derniers mois, celui dont j'aime le plus me souvenir, c'est le grand voyage de notre commission de médiation dans le Ténéré. Au retour de notre rencontre avec les rebelles, nous nous arrêtâmes dans la vallée d'Ebayghar. J'y ai retrouvé mon vieil ami comme toujours, voilé jusqu'aux yeux et digne comme un prince.

Je présentai Ebayghar à l'un des journalistes qui nous accompagnaient. Travailleur consciencieux, le journaliste décida de réaliser une interview avec le vieux nomade. Il lui demanda d'expliquer les raisons de la révolte touarègue. « Il y en a trois, répondit Ebayghar, la liberté, les richesses et l'injustice dans les écoles. » Après quoi, il retourna sous sa tente.

Il fallut ensuite expliquer au journaliste ce que l'énigmatique nomade avait essayé de lui faire comprendre. La liberté perdue au moment de la colonisation signifiait le passé. Les richesses, celles du Nord qui vont vers le Sud, représentaient notre présent de misère et de sous-développement. L'injustice dans les écoles, enfin, le refus d'octroyer des bourses aux bons élèves touareg, symbolisait le triste avenir que le Niger nous réservait.

Je regardai alors cet oued du Zagado et ses habitants qui essayaient toujours de mener la vie de nos ancêtres. Malgré les sécheresses, les tracasseries et les brimades. Malgré la haine du diable. Ils étaient là, à côté de leurs bêtes, leur seul bien, leur vie. Je savais que, si jamais l'armée devait occuper massivement l'Aïr, ce seraient eux, les premières victimes. Comme à Tchin-Tabaradène. Parce qu'ils avaient une foi sans défense. Parce que tout simplement ils étaient touareg.

Et je pensai à cette nuit que nous avions passée sur les dunes d'Aracao deux années plus tôt. A ce qu'Ebayghar m'avait dit au sujet de la source que je devais trouver, que nous devons tous trouver. Quelle belle image!

Dans le désert, la source, c'est la vie, l'ultime salut dans un monde hostile. Nous avons commencé à la chercher. Beaucoup peut-être vont mourir dans le désert avant que notre quête n'aboutisse. Mais à la fin, nous trouverons la source des Touareg.

Que le lecteur patient me permette de terminer mon récit, ce brouillon de l'Histoire touarègue, par un poème infiniment plus beau. Il m'a été adressé par un ami français qui, à la veille de l'indépendance du Niger, tenta vainement de préserver une chance de bonheur pour les Touareg. Son amitié m'honore.

Agades...
Agades est rose des sables
fanée aux cent cent mille soleils,
son minaret n'a pas de pareil
qui proclame dans la lumière :

« Ici bas tout n'est que sommeil
dans les cyclones de poussière
s'affolent nos rêves pervers
mais tout s'en retourne au désert. »

Comme les lignes de la main
sont les pistes des solitudes
quelle oasis verra demain
le repos de nos inquiétudes?

Les caravanes anxieuses
vont d'Agades au Ténéré
la voie lactée silencieuse

La tragédie

la nuit les regarde passer
et le jour les chameaux sans nombre
au désert apportent leur ombre
car il faut tout y apporter.

Aux oasis bleues, indulgences
remords du désert puritain
les chameliers chantent et dansent
oubli d'hier et de demain
vanité de la pénitence.

La piste se trace et s'efface
à quelle poursuite du vent
t'en vas-tu étranger qui passe ?
sais-tu la dimension du temps
et la dimension de l'espace ?

Noël Santoni
1964

Depuis d'autres voix se sont jointes à la sienne. Toutes, elles disent la beauté et la destinée tragique d'un peuple, de ce peuple auquel j'appartiens. Aujourd'hui ces voix forment un chœur pour faire reculer le maléfice, pour empêcher la disparition des Touareg. Les voici, en signe et gage d'espérance.

TÉMOIGNAGES

I

La mémoire de l'immémorial

Théodore Monod
de l'Institut

Je voudrais d'abord évoquer la grande question du nomadisme saharien. Ceux qui vivent la vie nomade sont rarement bien vus des pouvoirs centraux et des gouvernements : ce sont des hommes libres, mais ceux qui travaillent dans les bureaux détestent les hommes libres. Les sédentaires auront donc toujours tendance à essayer de faire vivre aux nomades une vie sédentaire.

Or le nomadisme des Bédouins et des Touareg sahariens ne relève pas d'un choix, mais d'une exigence écologique. Pour eux, ce n'est pas ça ou la culture des fraises ou des pommes de terre, c'est ça ou rien. Ce que fait le nomade saharien est le seul mode de survie dans le désert. Au même titre que les plantes et les animaux qui eux aussi survivent dans le désert, ils n'ont pas deux stratégies pour résister aux agressions climatiques.

L'unique mode de survie, pour les hommes, est le nomadisme pastoral, c'est-à-dire la vie avec les troupeaux. Ces gens ne sont pas tombés d'une branche il y a trois semaines, croyez-moi et croyez-les, ils habitent le

Sahara depuis des générations, avant même la dernière grande variation climatique, alors qu'en lieu et place du désert poussait une savane au Sahara. Certains sont partis au fur et à mesure que les péjorations climatiques s'intensifiaient vers l'aridité, d'autres sont restés. Ceux-là sont les acteurs contemporains de la vie nomade classique à l'intérieur du périmètre saharien.

L'évolution du nomadisme s'est accélérée depuis la fin du XIXe siècle, quand deux piliers sur lesquels s'organisait la vie économique nomade se sont écroulés. Car il ne faut pas non plus imaginer qu'ils sont des enfants de chœur. Ils ont vécu très longtemps de razzias et de pillages. La razzia était une institution considérée comme normale, il fallait tous les ans se déplacer en direction du Sud et voler des humains, des Noirs, des enfants souvent, et des chameaux. Et puis il y a eu les péages, les péages des caravanes transsahariennes, qui furent très importantes au siècle dernier. Parfois des milliers de chameaux étaient embarqués dans ces transports énormes qui allaient soit vers le Maroc, soit vers la Tunisie.

Les péages ont diminué avec la disparition des grandes caravanes. Quant aux transports d'esclaves, ils ont duré extraordinairement longtemps mais ne se font plus. Les razzias ont été interrompues par les conquêtes coloniales. L'évolution politique de la région a permis à un certain nombre d'anciens esclaves de se libérer, certains sont devenus cultivateurs. Mais tous gardent des liens compliqués avec leurs anciens maîtres, au point de vue juridique et psychologique.

Avec l'indépendance des colonies ont été installés

dans le Sahara de nouveaux États. Ces derniers se sont affrontés au problème de leurs propres nomades et ont tenté de le résoudre de façons différentes. On a vu des essais de sédentarisation dans certaines régions, dans d'autres régions il n'y a plus de nomades du tout. Plus aucun nomade ne vit en Égypte à ma connaissance, davantage pour des raisons climatiques que politiques d'ailleurs, l'aridité est devenue telle qu'on peut faire, à la limite Égypte-Libye, plusieurs centaines de kilomètres sans voir même un trognon de plante. Quant à la date de la dernière averse, elle se compte en années, c'est pire que le Ténéré. Il n'y a plus de pâturage, plus de chameaux, mais il y en avait autrefois.

Les Touareg proprement dits occupent une vaste zone, le Sahara était presque dans son ensemble le substrat ethnique berbère. Leur peuple a conservé son autonomie au moment des invasions arabes récentes. Non seulement il a conservé sa nature physique et sa langue, mais il a encore son écriture. Cette autonomie culturelle et linguistique est importante, la langue est capitale pour la permanence d'une ethnie.

Les Touareg ont été de plus en plus mal vus par les pouvoirs centraux, d'ailleurs fort éloignés géographiquement des territoires administrés. Ils n'ont pas dissimulé leur méfiance à l'égard de leurs nomades, de ceux qui appartiennent à leur État, de ces hommes libres qui étaient leurs propres concitoyens et qui échappaient intolérablement au fisc et aux flics, ce qui est mal vu des militaires. On a donc tenté de les quadriller, de gêner et diriger leurs déplacements, ce dont les Touareg n'ont pas l'habitude, eux qui ont pour modèle la vie nomade de leurs ancêtres.

Depuis mai 1990, la situation s'est aggravée, on compte différents massacres au Mali et au Niger. Il faut différencier les pourparlers qui ont lieu en divers endroits entre ces populations et les pouvoirs centraux. Au Mali, les pourparlers ont été très loin. Un accord est intervenu qui n'est pas encore signé mais porte sur des points majeurs, en particulier l'autonomie régionale. Se fonder sur une échelle régionale me semble raisonnable. Certains, réclamant l'indépendance, voudraient créer un État. Mais que veut dire, à notre époque, créer un État dans une zone où il n'y a pas même un village ? Ce n'est pas la première fois qu'on demande la création d'un État sahélien, saharo-sahélien. Il me semble que, si le contrat entre deux groupes humains est respecté, une autonomie peut présenter des avantages. Elle permettrait aux Touareg de s'administrer eux-mêmes, ce qui serait un grand avantage pour eux.

J'ai beaucoup d'amitié et d'admiration pour ceux qui vivent de la vie nomade, je sais quelle réussite leur existence signifie d'un point de vue écologique. Il faut savoir habiter dans l'inhabitable. Ils ont prouvé qu'historiquement ils arrivent à ce tour de force. Les nomades ne sont pas *a priori* des enfants de chœur pour autant. Il faut être honnête, nous sommes là sur deux limites géographiques et ethniques. Les limites entre les gens qui vivent avec des chameaux et ceux qui vivent sur un lopin de terre, limites entre les Blancs et les Noirs. Qu'on le veuille ou non, les sédentaires noirs savent très bien d'où venaient les razzias. Il n'est pas besoin de dire que les cicatrices ne sont pas refermées, les uns méprisant les autres, les autres craignant les uns.

Les menaces qui pèsent sur eux sont réelles, mais il ne faut pas sous-estimer leurs capacités de résistance. Les Touareg ont l'habitude des répressions. On peut rappeler la répression de l'Aïr en 1917 puisqu'elle était française. Elle fut tellement sanglante que les Touareg ont fui à l'est jusqu'au Soudan. La France a une responsabilité historique particulière et doit aider à la conciliation actuelle. Il serait temps par exemple que l'on prenne conscience des camps mauritaniens. On m'a donné d'épouvantables détails sur le manque d'organisation de ces camps conçus pour accueillir ceux qui fuient les atrocités maliennes. Nous souhaiterions que tout soit fait pour faciliter l'entrée des Touareg, comme des autres peuples nomades, dans une structure nouvelle, qui leur permettrait de conserver leur autonomie et leurs valeurs propres, de ne plus être soumis à une répression militaire sévère, et de vivre dans leur pays la vie qu'ils souhaitent pouvoir continuer à mener sans être l'objet de vexations et de violence. Souhaitons que ces accords, si tant est qu'ils puissent entrer en vigueur, soient honnêtement appliqués par les différents partis en présence.

Marceau Gast

anthropologue

J'ai toujours désiré aller au Sahara, ce qui, compte tenu de mon lieu de naissance, correspond à une vocation particulière : je faisais partie de ces rares natifs d'Algérie qui cherchaient à découvrir l'intérieur du pays, à la fin des années 1940. La plupart des métropolitains étaient finalement assez fonctionnarisés, ceux qui rêvaient d'horizons lointains se faisaient plutôt pistonner pour la Nouvelle-Calédonie. J'avais demandé un poste d'instituteur, après mes bacs et une formation à l'école normale de Bouzaréa. Un jour enfin j'ai obtenu un poste à Laghouat, en 1948. Je ne savais pas encore à l'époque qu'il n'y a pas un Sahara, mais des Sahara. Mais je demandai ensuite avec insistance un poste d'instituteur nomade dans le Hoggar.

Être instituteur dans le Hoggar avait les caractères d'une aventure à tous les niveaux. Le désert offrait un environnement radicalement différent de l'Algérie que je connaissais, la vie nomade était une autre planète et le berbère une autre langue. J'ai donc enseigné dans la tribu de l'Amenokal, dont les enfants étaient des enfants gâtés qui venaient à l'école par obligation, des gosses insupportables que jamais on ne gronde et à qui on ne donne jamais une claque et que je me suis pris à aimer.

Après une deuxième saison dans les montagnes de l'Atakor (le cœur montagneux le plus élevé du massif central du Hoggar, à deux cents kilomètres de Tamanrasset), j'ai créé une nouvelle classe nomade au nord du Niger dans une plaine sableuse, à sept cents kilomètres au sud de Tamanrasset. Je me nourrissais comme les nomades de laitages, de mil et de graines sauvages. En 1954, comme toute personne étrangère soumise à ce type de régime alimentaire dans cet environnement, j'étais donc atteint de scorbut et d'amibiase.

Le temps a passé et avec lui mes ennuis de santé. Puis j'ai échappé à cet écrasement que fut la guerre d'Algérie pour la plupart de ceux avec qui j'avais grandi. J'habitais sur la côte, et j'étais chef de centre dans les centres sociaux éducatifs grâce à ma rencontre avec Germaine Tillion. J'ai acquis à cette époque une connaissance réelle des bidonvilles d'Alger. J'ai vu aussi comment cette communauté de Touareg, que nous étions quelques-uns à souhaiter préserver, était prise en étau entre l'armée française et le F.L.N., chacun des deux étant prompt à la considérer comme ennemie potentielle. A la fin de la guerre j'ai entamé une seconde carrière, je suis devenu chercheur au C.N.R.S. J'ai décidé de faire une étude de fond sur ces nomades que j'avais tant aimés.

Je suis donc allé les retrouver, alliant le contact

charnel et la curiosité scientifique. J'ai travaillé sur l'alimentation, la nutrition, la production alimentaire, le stockage, la cueillette, la récolte des racines et des graines sauvages et cultivées. J'ai comparé les farines alimentaires, les meules tournantes et les meules dormantes, j'ai étudié le sorgo, le lait, les mortiers de bois. J'ai beaucoup appris sur ces gens qui savent vivre de rien sur un sol stérile, tout le contraire de chez nous. J'ai consacré ma vie de scientifique à fournir des éléments de réponse à ces questions que je me posais, en fait à l'époque confusément, en tout cas sans appui méthodologique : où va cet homme, comment survit-il comme un gros lézard dans le sable ? Pourquoi n'est-il jamais seul, et comment sait-il toujours où est l'eau, et la nourriture ?

Je suis peiné et affligé de ce qui se passe en pays touareg aujourd'hui. Nous sommes en partie responsables de ce qu'ils aient été morcelés par les frontières coloniales alors même qu'ils ne formaient pas un ensemble organisé. A ce premier drame est venu s'ajouter le traumatisme écologique des sécheresses. Enfin, le troisième drame, on les a assistés, mais mal assistés. Ils posent un problème international grave car les Occidentaux prêchent la bonne cause des États centralisés. On règle d'autant moins rapidement un problème vieux de trente ans maintenant que les citoyens nomades n'intéressent guère des gouvernements centralisés.

Je n'ai pas de solution toute faite, je sais seulement qu'on ne contraint pas des nomades à l'immobilisme, pas plus qu'on ne pourrait les enclore dans un État

(A droite)
Combat traditionnel touareg au début du siècle.

(En bas)
Premiers contacts entre l'armée française et le monde touareg après la soumission des tribus.

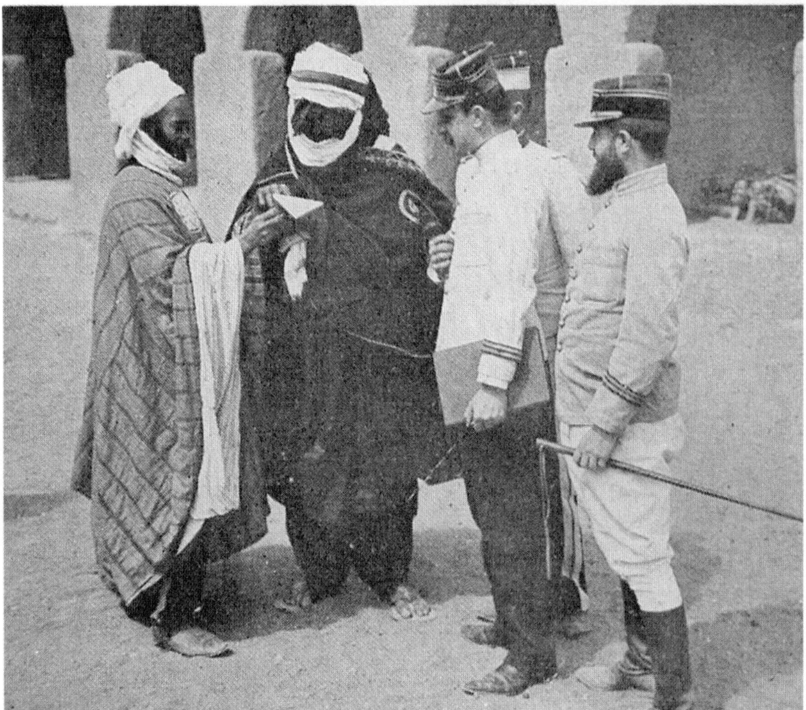

(En haut à gauche)
A l'ombre de la tente, l'éhan.

(En bas à gauche)
Le marché au bétail, lieu d'échange entre nomades et sédentaires.

(Ci-dessous)
Kogo, les montagnes de marbre bleu.

La caravane passe,
mais le sable n'efface
pas les frontières.

Dans les campements touareg, rien n'a changé depuis des siècles.

Les femmes :
l'âme du monde touareg.

Mali 1991. Combattants de la rébellion touarègue.

planté dans le désert. D'abord parce que l'idée de barbelés au milieu du Sahara est insupportable. Ensuite parce qu'il est absurde de demander à des individus un péage lorsqu'ils passent une frontière qu'ils considèrent comme mythique. Autant quadriller l'océan Atlantique de barrières et interdire aux poissons de les franchir. Ils mourraient.

Henri-Jean Hugot

préhistorien

Il y a cinquante ans, lors de ma première traversée en chameau dans les Iforas, j'ai été frappé par l'héritage que représentait ce monde touareg. J'appartiens à une famille comprenant plusieurs générations de voyageurs. J'avais vingt ans à peine quand j'ai commencé à m'intéresser aux Touareg. J'ai d'abord approfondi un certain nombre de données, jusqu'au moment où j'ai pu partir en Afrique et les rencontrer. Et comme je suis préhistorien, je me suis profondément attaché à ce peuple qui survit sur une terre riche de souvenirs, et qui a conservé une tradition orale formidable. La moitié de mes travaux et écrits, la moitié de ma vie professionnelle, se rapporte non seulement aux Touareg eux-mêmes, mais à leur territoire, jusqu'au Sud, le Niger, le Mali. C'est ainsi que je suis venu à eux, je ne les ai jamais plus quittés par la suite.

Car à une époque – la nôtre – où les mélanges sont à la mode, ils représentent une unité extraordinaire, non seulement ethnique, mais de vie. Leur vie quotidienne est fondée sur la connaissance profonde d'un milieu hostile auquel ils sont capables de résister. Là où personne ne peut vivre, ils ont fait fleurir une civilisation. Personne d'autre qu'eux ne pouvait le faire.

Tout ce qu'on dit sur les Touareg doit passer par le filtre de la connaissance d'abord, et de la raison ensuite. Car énormément d'inexactitudes, voire de mensonges, sont racontés sur eux. A titre d'exemple, le plus courant est : les Touareg sont de grands razzieurs. Au départ, ça n'est pas ça du tout. Au départ les Touareg assuraient le transport et la sécurité des voyageurs entre le Hoggar au nord et les pays du Niger, en fonction d'une rétribution. Il est faux de dire qu'ils détruisaient. Qui, mieux qu'eux, sait pertinemment que ce que l'on détruit dans ces pays ne se reconstruit pas vite, ou même jamais ?

Ils ont souffert de cette réputation fausse, je l'ai découvert par moi-même tout au long de mes voyages. J'ai eu beaucoup à travailler avec eux depuis, et j'ai toujours eu à m'en féliciter. Mon plus beau souvenir professionnel, à propos de la communauté touarègue, est Abalessa, le tombeau de Tininan. On ne sait toujours pas très exactement qui était le défunt, mais son monument apporte une preuve extraordinaire : il y a une vraie civilisation touarègue, qui avait des relations avec d'autres civilisations, en particulier avec les Romains. Il faut être au Sahara, parmi eux, pour se rendre compte de cet immense champ sur lequel ils ont rayonné, et sur lequel ils ont laissé, partout, des traces et des souvenirs.

Il est donc compréhensible que je suive, page à

page, jour par jour et homme par homme les menaces qui pèsent sur eux. J'ai toujours eu le sentiment que ce peuple pour lequel on a dessiné des frontières sans se préoccuper de ce qu'elles représentaient, sans discussion, que ce monde touareg serait éclaté. Je tiens à ce terme – éclaté –, je le considère comme très exact, c'est vraiment ce qu'on leur a fait. Ce peuple éclaté ne peut pas survivre ainsi, on ne sépare pas en deux une nation – il suffit de considérer le tragique exemple des Druzes –, on ne peut rien imposer par la force à des gens.

Je sais pourtant bien que, malheureusement, l'histoire ne se fait pas avec de la philosophie. Mais en termes concrets, supprimer le libre parcours ne menace pas seulement la culture ou la tradition touarègue. Il est question de la survie des individus eux-mêmes. Ce qui les menace le plus en ce moment est cette impossibilité dans laquelle ils sont de faire appel les uns aux autres, lorsque surviennent de grandes sécheresses, ou de grandes endémies, ou des famines. C'est ça que veut dire supprimer le libre parcours chez les Touareg.

Et puis, quand même, je ne peux oublier ceci, je suis d'autant plus le défenseur des Touareg qu'ils ont ce proverbe pour résumer leur philosophie : *la maison est le tombeau des vivants*. Et quel projet a-t-on aujourd'hui pour eux, si ce n'est de les enfermer dans de petites cases en béton pour qu'ils fichent la paix à tout le monde, pour des raisons d'unification, de standardisation, de matriculisation des gens, pour d'atroces raisons auxquelles nous sommes soumis ? Le problème touareg est simple : on veut arracher son désert à un peuple. Or si on enlève le libre parcours aux Touareg, on les condamne.

Je ne suis pas politicien, mais il n'est nul besoin de l'être pour dire que, si l'on va à l'encontre de ce que sont les Touareg, le début d'une disparition systématique se profile. Il est capital de ne pas recommencer ces exactions dont nous sommes coutumiers. Les Espagnols en sont encore à regretter ce qu'ils ont fait en Amérique latine et ils ont raison. Nous n'avons aucun droit à remplacer une civilisation par la nôtre. Si l'on se place sur le seul plan des droits de l'homme, on doit leur accorder mieux que ce qu'ils ont eu jusqu'à présent.

Je n'ai pas de solution miracle. Mais je suis assuré depuis longtemps que ce petit peuple – petit par rapport aux autres nations africaines – est un très grand peuple qui a droit à vivre son indépendance. Il connaît son origine, il la cultive dans la tradition, il a donc droit à la liberté. On ne peut pas interdire à des gens de vivre comme ils l'entendent, d'autant qu'ils ont un passé et des traditions remontant à loin dans l'histoire. Les Touareg arrivent avec une grande noblesse d'un très lointain passé, avec une philosophie bien supérieure à la nôtre et des mœurs extraordinaires. Eux savent depuis des générations réguler la croissance de leur famille en fonction de l'alimentation disponible et de l'environnement.

Cette liberté, ce sont les femmes touarègues qui la cultivent dans une tradition orale où les gens prennent le temps d'écouter. Les femmes dominent chez les Touareg. Pas comme on l'a raconté idiotement, là encore il est faux de croire que les femmes touarègues font n'importe quoi. Au contraire elles sont conservatrices et savent parfaitement ce qu'il faut faire et ne pas faire. Mais elles ont un sentiment de liberté qu'on souhaite à toutes les femmes de la terre. Parmi les souvenirs les plus merveilleux que j'ai gardés, ce sont ceux, le soir, autour des feux, de ces rires très clairs; ils – elles – ont gardé tous les remèdes que nous avons perdus pour lutter contre la morosité.

Les seuls droits des femmes soulignent à quel point leur peuple est évolué, je connais peu de femmes avec des droits aussi étendus. Le peuple touareg a construit une civilisation, c'est-à-dire une harmonie, un composé harmonieux où les gens s'emboîtent les uns dans les autres et où les enfants sont heureux. Les enfants sont peu nombreux parce que les Touareg ne peuvent se permettre d'en avoir beaucoup, mais je vous garantis qu'ils sont pris en compte. Et c'est une chose merveilleuse de voir vivre un enfant touareg.

Ma position serait identique s'ils ne nous offraient rien, mais de plus ils nous apportent énormément. Ils nous apprennent la survie. Là où nous ne survivrions pas avec les caisses de vivres, eux se débrouillent, allument un feu avec un morceau de bois qu'ils ont trouvé on ne sait où, sortent une petite théière et font un thé avec une poignée d'herbe. Là encore, on a un bel exemple de mensonges courant sur le compte des Touareg. On dit sans cesse qu'ils savent faire du thé dans le désert parce qu'on leur en donne, et qu'ils en dépendent. C'est faux, j'ai vu cent fois des Touareg faire une infusion avec une herbe sans importance, ce sont des gens qui nous apprennent à nous contenter de ce qu'il y a. Eux n'ont rien et survivent, nous avons tout et nous sommes insatisfaits. C'est une très grande leçon qu'ils nous donnent.

Je ne sais pas si le nomadisme peut continuer d'exister, s'il peut résister dans les années à venir. Mais je sais qu'il est inscrit dans l'histoire du monde que nous sommes les héritiers de grands nomades. Le malheur a voulu que les sédentaires, dont nous sommes, ont cru trouver dans leur devenir une raison d'empêcher les nomades de faire ce qu'ils voulaient. Depuis toujours les nomades sont les ennemis héréditaires des sédentarisés. En ce sens, le problème n'est pas propre aux Touareg, il suffit de songer à ce que nous faisons avec les manouches, à la vie d'enfer que nous leur menons. Pourtant, avoir le nomadisme dans la peau n'est pas un choix, on doit vivre avec. Le nomadisme est essentiel, il ne doit pas être un sport de riches qui empêchent de vivre ceux qui doivent en vivre.

Edmond Bernus

ethnologue

Depuis 1962, j'ai couru les campements touareg : j'y ai rencontré des hommes et des femmes qui m'ont révélé une civilisation pastorale ancrée dans une zone aride qu'ils avaient su maîtriser. J'ai connu une société invitant chacun à vivre selon un code où il faut savoir rester à sa place, c'est-à-dire apprendre à se comporter selon son âge, son sexe et sa situation sociale. J'ai découvert une civilisation riche d'une littérature orale ancienne, scellée dans la mémoire de quelques personnalités âgées, et actuelle, où les jeunes expriment en voyage leur nostalgie, leurs amours lointains ou disparus, leur peur de la mort. J'ai rencontré aussi une civilisation qui avait accumulé des connaissances et mis au point des techniques lui permettant d'exploiter un milieu inhospitalier, aux ressources fourragères et hydrauliques, toujours variables, chaque année remises en cause.

J'ai découvert l'Afrique avec les paysans soudaniens des rives du fleuve Niger en Guinée. Les premiers Touareg que j'ai connus se trouvaient à Abidjan, ville cosmopolite où toutes les ethnies se côtoient : c'étaient des Bella, anciens serfs des bords du Niger, vêtus de loques, monnayant leurs forces auprès des citadins ; c'étaient des religieux, au voile mieux ajusté, habillés avec soin, vendant talismans et charmes magiques.

Quelques années plus tard, j'ai retrouvé ces Touaregs – et beaucoup d'autres – dans leurs campements d'origine qu'ils quittaient en laissant femmes, enfants et troupeaux. Après les paysans de la forêt et surtout de la savane, après les migrants venus de la côte qui tous avaient été au centre de mes recherches, je pénétrai un monde nouveau et totalement différent. Les paysans, leurs villages et leurs champs disséminés dans la brousse n'étaient pas fondamentalement différents des paysans français qui m'étaient familiers. Les nomades, par contre, et les Touareg, me rappelaient l'Ancien Testament et je croyais voir les descendants d'Abraham et de Jacob.

Les Touareg avaient résisté, au début du siècle, à l'arrivée des colonnes françaises et en 1917 avaient mené une révolte qui avait fait vaciller le colonisateur : les militaires avaient pu mesurer le courage et la détermination d'un peuple guerrier prêt à affronter à l'arme blanche le tir des fusils. Dès lors les Touareg se retrouvèrent éclatés entre diverses colonies, entre divers territoires, puis entre divers États, les frontières coloniales ayant servi au tracé des frontières : dans chacun d'eux ils occupèrent dès lors la partie la plus désertique et, de ce fait, la moins peuplée et la plus éloignée des capitales et des centres de décision.

Nous laissons à d'autres le soin de dire comment le monde touareg est entré en rébellion au Mali comme au Niger, où dans chacun des deux États ils représentent une importante minorité (respectivement environ 5 et 9 % de la population totale), occupant d'immenses territoires peu ou pas habités. Il ne faut pas oublier qu'en 1963 et en 1964, au Mali, l'Adrar des Iforas se souleva contre les exactions du gouvernement de Modibo Keïta et que la révolte fut réprimée dans le sang : quarante-six ans après 1917, un premier mouvement local, mené avec les techniques de guerriers d'autrefois, précéda la révolte actuelle. Cette dernière, quatre-vingt-treize ans plus tard, embrase le touareg malien et nigérien en des phases successives et alternées, comme si, lorsque le feu semble s'apaiser ici, il reprend ailleurs. Les mouvements de l'Azawad (Mali) sont relayés aujourd'hui par le Front de Libération de l'Aïr et de l'Azawagh (Niger). La révolte est menée par de jeunes guerriers qui, comme leurs anciens, connaissent parfaitement le terrain, mais en plus ont voyagé à l'étranger et ont appris le maniement des Kalachnikov et des Toyota. C'est une révolte qui nivelle souvent les hiérarchies traditionnelles mais qui s'appuie sur une base plus structurée.

Cette guerre civile qui, en mai 1990, a donné lieu à des répressions brutales au Niger, à Tchin-Tabaraden (et la conférence nationale tenue à Niamey au cours de l'été 1991 a eu le courage de rechercher les responsables), et pendant toute l'année 1990 et au début de 1991 au Mali, dans l'Adrar des Iforas soumis à des violences sauvages, semble devoir reprendre dans l'Aïr. On a l'impression d'une sorte de contagion de la violence avec le cycle infernal des attaques, prises d'otages et répressions aveugles. On sait qu'une armée, supérieure en effectifs et en armes, mais connaissant moins bien le terrain que ses adversaires, risque de subir des revers et de se venger sur des campements sans défense, torturant des prisonniers, à la recherche du renseignement.

Le problème touareg au Mali et au Niger semble devoir être traité simultanément. Les accords négociés ici ne pourraient-ils pas être étudiés là ? Les Touareg maliens et nigériens ne pourraient-ils pas soumettre des revendications communes pour le nord de leurs deux pays ? Prise en charge de leur région, fédérale ou non, ce qui éviterait immédiatement un exode des Touareg du Niger à l'étranger suivant celui des Maliens en Mauritanie et dans le Sud algérien. Les réfugiés sans soin et sans nourriture, concentrés dans des camps ou errant dans les villes, n'est-ce pas le risque que courent les Touareg du Nord Niger si une négociation ne s'engage pas rapidement ? Nous ne pouvons que souhaiter qu'on n'attende pas pour commencer à négocier qu'il y ait un vainqueur, au prix de morts, de destruction de troupeaux, de ruines et de victimes innocentes.

Le Mali et le Niger constituent un pont entre le Maghreb et l'Afrique noire, entre la Méditerranée et le Soudan. États pluri ethniques qui ne connaissent pas le poids écrasant d'une culture sur les autres, ils ont appris la richesse de cette diversité. Or brutalement prend naissance une coupure Nord-Sud, une faille entre le monde arabo-berbère et le monde soudanien qui pourtant avaient une longue pratique de la cohabitation sur les rives attirantes du Niger. On assiste à une cassure, un peu comme au négatif du phénomène mauritanien avec une minorité inverse, les Touareg étant les Toucouleurs du fleuve Sénégal. Que des hommes de bonne volonté cherchent une entente! Qu'ils canalisent l'énergie des guerriers, qu'ils utilisent le prix des armes pour reconstruire un pays condamné aujourd'hui à la régression économique et sociale.

II

La fraternité du désert

MAGUY VAUTHIER

présidente de l'association ATLIK

J'étais au Niger au début de la grande sécheresse, en 1971, quand tous les Touareg affluaient vers Niamey où un camp de la Croix-Rouge essayait de les aider. C'est comme ça qu'un jour un couple m'a mis son bébé dans les bras. Ils me l'ont confié en me disant : avec toi il restera un Touareg.

J'ai donc élevé celui qui devint mon fils. Puis je suis retournée là-bas. En 1983, lors de la seconde grande sécheresse, j'ai trouvé un peuple qui mourait, qui mangeait les graines dans le sol et cherchait de maigres pousses de droite et de gauche. Ils n'avaient même pas la force de monter une tente, ils vivaient parqués dans un camp comme on a vécu à Dachau.

J'ai donc essayé d'aider les gens de cette tribu de Kel-Antessar, dont la région dépend de Tombouctou. On a fait un dispensaire, des puits, et on a pu sauver quatre mille Touareg des conséquences de la sécheresse. J'étais aussi en rapport avec les Touareg d'Agadès, qui m'ont demandé de faire la même chose qu'au

Mali. Leurs bêtes étaient mortes, beaucoup d'hommes étaient embauchés comme cantonniers pour faire des routes en Libye, ou gardaient les animaux des paysans algériens sédentaires. La tribu avait envie de se reconstituer et de revivre au Niger. Je me suis donc occupée des deux en parallèle. Tant que les Touareg n'avaient à se défendre que contre les rudesses du climat, même exceptionnelles, tout s'est maintenu. Mais à partir de 1990, les conséquences des difficultés politiques se sont surajoutées à celles de la sécheresse.

A partir de mai, les nouvelles se firent de plus en plus rares alors que des événements toujours graves se déroulaient au Mali. Puis je n'eus plus de nouvelles du tout, pas même la possibilité d'envoyer un convoi de camions, toutes les voies de communication étaient coupées. Ensuite j'ai reçu du courrier, dans le premier semestre 1990. Sans que je m'en rende compte, ces lettres se sont transformées en faire-part, en longues listes de morts. Six ans, huit ans, lycéen, maman, papa, vieux, ce n'étaient pas des listes de dizaines, mais de dizaines de dizaines de morts que j'ai transmises à Amnesty International. Vieillard brûlé sur la place publique les mains attachées, grenades jetées au milieu d'un groupe de dix Touareg mêlés à leurs animaux. Car les animaux n'ont pas été épargnés. Pour un Européen, cela apparaîtra sans importance en comparaison d'une vie humaine. Mais qui connaît ces contrées sait que la survie des Touareg dépend aussi de celle du bétail.

Dans cette situation catastrophique, je suis partie pour la Mauritanie où les Kel-Antessar s'étaient réfugiés. Ils ont fui le Mali vers la frontière la plus proche, les femmes ont tout de même fait cinq cents kilomètres à pied. Ils ne migraient pas, ils fuyaient devant la mort sans rien emmener, les soldats tiraient à la mitraillette et à la grenade sur leurs campements. Les militaires avaient déversé des produits toxiques dans certains puits de la région de Tombouctou, les pâturages avaient été incendiés de façon que les bêtes ne puissent pas brouter. Ils sont partis acculés au désespoir, sans rien. J'ai vu les atrocités propres aux exodes, des enfants aux mains volontairement fracturées par les soldats maliens, leurs parents tués devant eux, et j'ai vu aussi des miracles d'humanité, comme le geste secourable d'un militaire protégeant un enfant.

La Mauritanie a eu la gentillesse de les accueillir, mais n'a fait que les accueillir. Dans les camps de réfugiés ils ont trouvé la paix, mais ils ont trouvé aussi la mort, dans un état de dénutrition totale, avec toutes les maladies tristement classiques des camps mal gérés, coqueluche, rougeole, gastro-entérites. On leur donnait du riz qu'ils ne pouvaient même pas cuire.

De ces quatre mille Touareg, on ne peut savoir combien survivent, leur peuple est éclaté, en Algérie, en Mauritanie, et jusqu'en Arabie Saoudite. Certains sont momentanément sédentarisés dans les villes; à Niamey le seul endroit où on les a laissés tranquilles a été les décharges publiques. Ils vivent de rien dans des abris de carton devant les poubelles de Niamey, la plupart ne connaissent pas la ville, ils envoient leurs enfants mendier.

Touareg

Ce peuple dont si peu de gens connaissent la culture et la valeur morale est en péril. Je suis navrée de devoir l'écrire, car les Touareg sont fiers, et ont le goût de la liberté.

Rufus
comédien

Chers hommes bleus,

Vous qui avez enchanté mes rêves d'enfant

Vous, dont les seuls lendemains s'appelaient l'ailleurs

Vous représentiez pour moi l'homme debout, droit et valeureux

L'homme pour qui l'homme demeure un trésor inouï

L'homme qui savait donner à la poésie la part qui lui revient

L'homme impeccable et beau.

Tu étais libre car tu n'avais jamais essayé de planter des clôtures sur le sol où tu voulais dormir car la terre entière t'appartenait.

Une terre dont personne d'autre ne voulait car personne d'autre que toi ne connaissait ses secrets.

Tu voyais ce que notre cécité nous empêchait

même de soupçonner : le paradis terrestre dont nous nous étions exclus.

Tu étais sans chemin comme ton nom l'indique.

Nul n'était besoin pour toi de mettre des bornes sur ton itinéraire puisque c'est le tracé des étoiles qui indiquait la route.

A l'époque où nos blue-jeans perdaient leur teinture bêtement dans la machine à laver, c'est sur votre peau que l'indigo de vos voiles se déposait.

Ainsi vous portiez en permanence sur votre peau le bleu du ciel qui vous protégeait.

A l'époque où la femme n'avait même pas le droit de vote chez nous, la vôtre était respectée comme nulle part au monde depuis des siècles déjà.

La poésie qui venait spontanément dans vos chants, lors de vos soirées d'improvisation, n'était consignée que dans vos mémoires et dans vos rêves.

Nul besoin ne vous taraudait d'imprimer rageusement les bribes du savoir que les paroles transmettaient librement et que la nature vous prodiguait généreusement.

Pourquoi des frontières ? Pourquoi des imprimés, des cartes d'identité ? Pourquoi l'école des colons ? Pourquoi la comptabilité ? Pourquoi des antibiotiques ? Pourquoi le recensement exact de la population si ce n'est pour limiter votre liberté ? N'était-il pas couru d'avance que cette liberté insolente devait vous attirer les jalousies les plus acharnées.

N'était-il pas couru d'avance que l'aristocratie de vos cœurs vous amènerait à être désignés comme des « bandits armés à exterminer avec la dernière rigueur ».

Bandits vous l'êtes au regard des lois de la médiocrité auxquelles on veut vous rabaisser.

Bandits vous l'êtes quand le monde entier est en prison et ne voit que les barreaux qui s'interposent entre vous et lui.

Comme les poètes vous êtes la race à abattre et pourtant comme eux vous êtes le dernier espoir d'un monde forcené.

Votre culture est riche de la liberté que vous avez su cultiver.

Liberté d'imagination. Poésie sans frontière.

Vous avez l'essentiel... Quel besoin auriez-vous de la gamme infinie des palliatifs que la civilisation vous offre ?

Dérivatifs à facettes multiples, abondance des faux-semblants payables avec de la fausse monnaie dans la perspective d'y passer sans y penser le temps d'une vie gaspillée.

Tenez bon ! Les enfants du monde entier sont avec vous, ceux qui aiment vivre comme vous avez su en conserver le secret, ceux qui savent écouter la respiration de la terre.

Vous qui avez su mépriser l'idolâtrie jusqu'à présent.

Nous, hélas nous n'aimons que l'argent et sa rentabilité.

Touareg

Aidez-nous à y voir clair.

Le marchand de sable nous endort dans sa tourmente.

Survivez et montrez-nous le tracé de la piste...

Vous êtes les derniers guides possibles de nos traversées infernales.

Bernardo Bertolucci

cinéaste

Le désert est tellement extraordinaire – plus on le connaît et moins on le comprend –, que je ne voudrais pas répéter des choses déjà entendues des milliers de fois. Il en va de même pour ses habitants, les Touareg. Je n'avais jamais rencontré de Touareg avant le tournage du film *Un thé au Sahara*, d'après le roman de Paul Bowles. Une partie de l'histoire se passe à Béni-Abbes, une partie à Agadès.

Je me souviens d'un soir où l'équipe était en train de dîner, dans la salle de restaurant de l'hôtel, à Béni-Abbes, quand quatre ou cinq personnes sont entrées. Fernand Moskowicz, qui a tourné la seconde partie du film et qui avait déjà été en repérage dans le Sud, m'a dit tout de suite : ce sont des Touareg. Ils se sont assis parmi nous, leur guide, Mohammed Ixa, parlait pour tous les autres. Nous étions tous autour de la même table, mais plus nous cherchions à communiquer plus ils semblaient s'éloigner. Il était impossible de savoir si c'était par un refus arrogant de se mélanger à une équipe occidentale, ou si c'était par timidité. Ils se sont ainsi remarquablement imposés à l'ensemble de l'équipe, Algériens inclus.

Immédiatement, j'ai voulu voir leur visage. Ils portaient leur chèche. J'étais simplement curieux de voir comment ils étaient. Il a fallu du temps, beaucoup de temps, plusieurs jours, mais ils ont fini par accepter de se dévoiler. J'ai vu des hommes que l'on ne peut situer, qui ne sont ni arabes, ni d'Afrique Centrale, ni noirs. L'un d'eux m'a expliqué que la légende voulait qu'ils arrivent d'une île engloutie de l'Atlantique. J'ai été fasciné, plus tard, quand nous avons suivi la caravane, en les voyant trouver des sentiers invisibles dans cet océan de dunes qui était devant nous.

Il m'a semblé, en restant un peu à leurs côtés, qu'ils vivaient leur incroyable dignité et leur identité culturelle très forte comme un véritable trésor, dont même les plus jeunes d'entre eux, qui avaient entre douze et quinze ans, avaient une conscience aiguë. Ils semblaient fiers de leur différence par rapport à nous, à nous tous, Français, Italiens, Algériens, fiers de leur différence culturelle mais aussi physique.

Après ces quelques jours vécus ensemble dans le désert, nous nous sommes retrouvés pour la seconde partie du film à Agadès. Ceux-là même que j'avais vus dans leur navigation saharienne, il m'était offert de les voir à leur port d'attache, dans leur famille, avec leur femme et leurs enfants. Les femmes ont le visage ouvert et les hommes le visage voilé, je ne peux affirmer avec force que leur société est matriarcale mais les femmes ont assurément une présence importante chez les Touareg.

Dans le livre de Paul Bowles qui inspirait le scénario du film, l'héroïne vient de perdre son mari, et telle une somnambule se perd, jusqu'au moment où elle est violée par les deux chefs de la caravane qu'elle avait fini par suivre. Après avoir rencontré les Touareg, j'ai délibérément changé l'histoire, je n'ai pas été fidèle à Bowles. Il n'a plus été question de viols parce qu'il n'y a pas de viols dans cette société touarègue dont Paul Bowles devait avoir une idée romantique.

Lors du tournage, la menace qui pèse sur les Touareg ne m'a pas été perceptible. L'atmosphère des films, en tout cas ceux que je connais, est particulière : j'essaie de voir fidèlement la réalité dans la caméra, mais en tournant un film on ne voit que ce que l'on veut voir. Je me souviens seulement d'un chauffeur, Touareg, qui se rappelait que ses parents étaient riches, que lui ne l'était plus, même s'il gardait de toute évidence le sentiment d'appartenir à une élite aristocratique.

Une minorité aussi sophistiquée, avec une identité culturelle aussi forte que celle des Touareg doit avoir le droit d'exister, avec la possibilité de s'exprimer complètement. Certaines des violences faites aux nomades peuvent détruire leur mémoire culturelle, ce qui revient à les détruire eux-mêmes. Il est donc – tout simplement – de mon devoir de faire tout mon possible pour les sauver, et leur signifier ma totale solidarité.

Fernand Moszkowicz

cinéaste

Vint le temps du tournage. J'étais metteur en scène de la deuxième équipe, celle, entre autres, de la traversée du désert. Nous étions dans le sud de l'Algérie, et il fallait faire progresser cinquante chameaux devant une caméra sous le soleil et sur le sable du Sahara. Les Algériens n'y arrivaient pas, et les Français encore moins. J'ai demandé à Mano de prendre les choses en main. Il a fait venir quelques-uns de ses amis touareg. Ils sont partis d'Agadès, ils ont roulé pendant trois jours et trois nuits sans s'arrêter, ils sont arrivés un soir. Quand ils sont entrés, le silence s'est abattu sur la salle du restaurant. D'un coup, par leur seule présence, ils ont imposé le respect à toute l'équipe.

Ils ont dîné, on les a logés et le lendemain, dès six heures du matin, ils ont commencé à équiper les chameaux avec des tapis et des accessoires. Et d'un coup ils ont entraîné la caravane. Quand les Français étaient épuisés, quand les Algériens étaient fatigués, eux riaient, avançaient et faisaient avancer les autres.

J'étais ignorant, plein d'images d'Épinal agaçantes que tout le monde trimbale... les Touareg au visage impassible au sommet d'une dune de sable brûlant. En fait, la réalité est beaucoup plus forte. A vivre et travailler avec eux, à avoir un contact physique, j'ai appris à mieux les connaître.

Je n'avais jamais vu le désert avant d'y aller tourner *Un thé au Sahara*, avec Bertolucci. Dans le livre de Paul Bowles qui nous inspirait, une caravane traverse le désert depuis le Nord jusqu'à l'autre côté, l'Afrique noire. Cette caravane appartient à des Arabes. Au cours d'un dîner à Tanger j'ai demandé à Bowles où se trouvait cette porte de l'Afrique où se déroulait la fin de son livre. Il m'a répondu qu'il n'en savait rien, le voyage se déroulait en Algérie mais jamais Bowles n'était allé au-delà du Sahara.

Très vite, j'ai rencontré Mano, par hasard. L'intuition a joué à son contact. La préparation effective du film a commencé à partir de ce moment-là, et très vite nous avons décidé que la caravane serait conduite par des Touareg, et non des Arabes.

Dès ma première arrivée à Agadès, j'ai demandé à rencontrer une vingtaine d'hommes et de femmes touareg. J'ai commencé à parler avec les femmes. Je leur ai demandé de me raconter leur histoire, de parler de l'amour. La première s'appelait Azahra, elle s'était mariée à douze ans, avait divorcé à treize. A treize ans et demi elle s'était remariée. Elle avait, quand je l'ai rencontrée, vingt-six ans, trois enfants et était veuve. Comme Azahra, qui joue dans le film et qui est devenue une amie chère, toutes me racontaient au milieu de fous rires leurs divorces successifs. Je découvrais leur liberté, leur légèreté... et aussi leur profonde beauté.

Les femmes et les hommes touareg sont raffinés, – raffinés avec authenticité. Il y a sans doute de moins en moins de peuples qui sur la planète vous apprennent à vivre la vérité.

Plus tard, en plein mois d'août, nous sommes partis avec Mano et Azahra dans un village du Sud. Une nuit, nous nous sommes arrêtés pour dormir chez un des amis de Mano, Azizi, le chef de la police du coin. C'était le début de la saison des pluies et ce soir-là des orages menaçaient. Notre hôte installa trois lits métalliques au fond de la cour. Nous avons passé la nuit à nous réfugier dans la maison entre deux orages, nous nous retrouvions enfermés à quinze à compter les moustiques, avant de retourner nous coucher dehors. Quand soudain j'ai entendu un bruit de tambour.

– C'est Maghnia, m'a répondu Azizi. La plus grande chanteuse touarègue.

Il y avait une Maghnia dans le livre de Bowles, j'étais fasciné, nous sommes partis à sa rencontre.

Le campement de Maghnia était au bout du monde. Elle nous accueillit avec des dattes et du lait, puis elle s'éclipsa. Elle revint, revêtue de son costume de fête. Alors qu'elle avait chanté toute la nuit, elle continua pour nous. Il faisait très chaud, et sa voix me faisait penser à celle de Janis Joplin. Les autres femmes ont chanté avec elle, les hommes ont tourné autour de nous sur leurs chameaux avec une gaieté digne et frénétique. Leur accueil avait quelque chose de sublime.

Ce qui arrive aux Touareg me touche d'autant plus qu'ils ne cherchent pas la guerre. Je ne sais pas ce que nous pouvons leur apprendre, je sais ce qu'ils m'ont appris : offrir mon maximum. En les aidant c'est la part la plus noble de nous-mêmes que nous développerons. Lorsque nous sommes allés du désert algérien à Agadès, les Touareg qui tournaient dans le film sont rentrés avec nous en avion. Parmi eux, Ahmed – treize ans – qui, bien sûr, voyageait pour la première fois poussait des cris de joie, les mêmes cris que ceux qu'il adressait à ses chameaux pour les guider. Pendant ce temps, les deux chauffeurs touareg étaient rentrés en voiture. L'un d'eux eut un accident grave, il se retourna et resta coincé des heures la nuit sous sa Range Rover. A sa sortie de l'hôpital, jamais il ne nous demanda la moindre chose.

Contrairement à nous qui sommes gâtés, privilégiés pour la plupart et qui n'arrêtons pas de nous plaindre, je n'ai jamais entendu un Touareg se plaindre ou mendier quoi que ce soit. Simplement ils réclament, de quelque façon que ce soit, le respect et la reconnaissance. Les Touareg sont des êtres profondément dignes : ils ne demandent jamais que leur dû.

Gérard del Marmol

écrivain

J'ai exercé des activités professionnelles variées qui m'ont entraîné dans tous les déserts. Ma *première fois* date du lendemain de la Seconde Guerre mondiale, au Proche-Orient. En 1949, je participais à la mission Bernadotte, envoyée par les Nations-Unies en observation dans la région de Gaza et du Sinaï. J'ai alors découvert un paysage ingrat et beau, habité par les Bédouins.

J'ai ensuite vécu au Maghreb et en Libye, développant une lente passion pour le désert où je passais la plupart de mes moments libres. Cette passion s'est ensuite organisée : en 1960 j'ai monté ma première expédition de six mois au Tibesti, patronnée par le roi Léopold III, les musées de l'Afrique et des Sciences naturelles de Bruxelles et le ministère de l'Éducation nationale. Le but de la mission était de recueillir des informations scientifiques sur cette région quasiment vierge. Ma part de travail se résumait à veiller à ce que des zoologues, des anthropologues, des alpinistes aient toujours à leur disposition un camion, des vivres et de l'essence. Dès lors, je ne pus me passer ni me sevrer du Sahara. Organisant depuis la Belgique des itinéraires pour le mouvement TEJ (Tourisme Étudiants Jeunesse), j'accompagnai finalement moi-même les expéditions.

En 1970, j'ai lié connaissance avec un jeune Touareg, Mokhter Zounga, sur la base pétrolière d'Ohanet (Algérie). C'était ma première rencontre avec les Touareg. Il me donna les coordonnées, à Tamanrasset, de la famille Marly, descendants de l'Amenokal des Kel Ahaggar. Aujourd'hui, ils sont bien davantages que mes amis. Ils sont mes frères.

Quand la sécheresse en 1973 embrasa le Sahara méridional, la détresse des Touareg du Niger me poussa à collecter des fonds, et tenter de distribuer des vivres. J'y suis depuis retourné à plusieurs reprises.

Vint finalement l'idée d'un guide, l'idée m'en est venue sur le terrain en voyant des inconscients risquer leur vie inutilement, et dans le but également de leur faciliter des contacts avec les populations des régions traversées. De l'ensemble de ce cheminement, depuis la découverte presque hasardeuse du désert du Sinaï jusqu'aux expéditions et au guide, je garde au moins une certitude : la présence des Touareg est essentielle dans le désert. Sans eux il mourrait, sur tous les plans, sur ce plan économique aussi que l'on oublie trop souvent de mentionner. Seule la France, qui tient le Niger et le Mali à bout de bras, peut exiger et obtenir le droit au respect des Touareg.

Jean-Marc Durou

photographe

Je suis né d'une vieille famille française installée depuis cinq générations en Algérie, depuis tant de temps qu'à la fin de la guerre ma mère n'a pas voulu aller en France. Elle fut de cette poignée de pieds-noirs qui choisit de rester là-bas. Depuis l'âge de onze ans donc, je suis retourné en Algérie plusieurs fois par an, pour les vacances.

J'avais une passion pour le Sahara où je n'avais pourtant jamais mis les pieds – nous passions les vacances dans le Nord –, les murs de ma chambre étaient recouverts de photos de Frison-Roche en pays touareg. Tout ça n'était qu'un fantasme, jusqu'au jour où j'ai monté une expédition à dos de chameau, avec trois copains, en pays touareg. La réalité s'est révélée plus belle encore que je ne l'avais rêvée. J'y suis retourné tant de fois qu'ensuite je suis devenu guide au Sahara pendant dix ans. C'est à cette époque que j'ai commencé à prendre des photos, et qu'avec le temps je suis devenu photographe professionnel. Je ne suis pas un photographe venu au désert, mais un Saharien venu à la photographie.

Un jour, je campais seul près de ma 2CV au nord d'Agadès quand des Touareg sont arrivés et m'ont demandé si, dans ma trousse à pharmacie, il y avait de quoi aider leurs enfants atteints d'une furonculose. Je les ai suivis, et j'ai commencé à soigner les enfants. Plus j'en soignais plus il en venait, les gosses sortaient des tas de pierre et des cailloux. A midi, ils m'ont offert en remerciement de partager leur repas, une de ces indigestes bouillies de mil qui permettent de comprendre la différence entre le dénuement et la misère, dont l'apparence même n'appartient pas au monde des Touareg. Je me suis senti accueilli au milieu d'eux, j'ai commencé à faire des photos, les gens ne prenaient plus d'attitudes. J'ai surpris un enfant assis sur une natte en train de rêver, au moment où j'ai pris la photo j'ai su qu'elle me plairait ; derrière, une femme était accroupie sous une tente, un enfant avait un geste de la main très noble. Chez eux chaque mouvement, le plus banal même, est cérémoniel.

Je fus le premier à faire la caravane du sel, il y a dix-sept ans. La plupart des hommes de la tribu ne savaient pas ce qu'était un appareil photo. Ils riaient beaucoup de me voir courir en avant de la caravane pour m'agenouiller et mettre une boîte devant mes yeux. En même temps, le monde des Touareg est si petit que si l'on montre à un vieux la photographie d'un tel, qui vit à des centaines de kilomètres de là, le vieux dit : c'est un tel.

Ils aiment rire, ils aiment aussi le chiqué. Des

vieux Touareg peuvent arriver avec des chaussures dont la pointure fait le double de la leur, ou un turban de quatorze mètres de long, dans le seul but de faire rire l'autre. Ils se reconnaissent aux yeux, j'ai fait des voyages entiers sans jamais voir la tête de mon guide. Bien entendu à la fin je le reconnaissais aisément, alors que s'il avait enlevé son chèche, je ne l'aurais probablement pas identifié. Plus on a de déférence plus on remonte le turban. Je n'aurai jamais photographié sans le chèche, ils n'auraient pas aimé, j'ai donc fait des portraits, genre classique en photographie, uniquement de visages voilés où seuls les yeux sont découverts. Des yeux où l'on peut lire, où moi je lis en tout cas, cette question que les nomades posaient à Saint-Exupéry, en apprenant que son avion faisait en deux heures ce que leur caravane traversait en deux mois : mais que fais-tu le reste du temps ?

Raymond Depardon

cinéaste

J'ai découvert le Sahara en 1960, pendant la guerre d'Algérie. J'avais dix-huit ans, j'étais photographe à la pige dans une agence où j'étais au moins en vingtième position sur les listes d'attente. Pourtant un jour, dans le désert du mois d'août, il n'y eut personne d'autre que moi pour partir faire un reportage sur l'association SOS-Sahara. SOS-Sahara avait décidé de tester la résistance du corps humain à la chaleur. L'agence m'a donc envoyé. On m'a habillé en militaire, on a descendu les palmeraies tout doucement, je me souviens de Colomb-Béchar sur la route. Finalement je suis arrivé à Hammaguir, à l'époque une base de lancement française.

Quand nous sommes partis dans le désert, encadrés par l'armée, pour filmer cette expérience de survie, nous sommes tombés sur sept militaires français – des appelés – à l'article de la mort. Ils étaient partis d'Hammaguir en quatre-quatre pour chasser la gazelle, s'étaient perdus et n'avaient plus de carburant.

Ils attendaient la mort sous une tôle ondulée, nus, ils avaient bu sept fois leur urine. Nous les avons aidés, il ne fallait pas qu'ils boivent tout de suite pour ne pas mourir, et je les ai aussi photographiés. Ensuite ils ont été ramenés à la base, nous, nous avons continué l'expédition. Quand nous sommes arrivés au fort de Tabelbella, j'ai appris que quatre d'entre eux, sur les sept, n'avaient pas résisté, ils étaient morts.

Le commandant m'a convoqué, il voulait me reprendre les photos. On était encore au temps du journalisme d'après-guerre, on m'avait répété cent fois : ne donne jamais tes films. Alors j'ai menti, j'ai dit que je ne les avais plus, je les avais déjà remis à un appelé qui rentrait en France. Un peu plus tard j'ai réussi à les expédier dans un colis, les photos ont été publiées dans *Paris-Match*. L'armée avait fait un communiqué aux familles pour leur expliquer que les quatre soldats étaient morts à leur poste de combat.

J'ai donc appris très tôt qu'il suffit d'un rien pour que tout bascule et que le désert-caresse devienne désert-détresse. On mange des crêpes et des dattes avec des nomades à l'ombre d'une palmeraie et on se souvient qu'il fait froid à Paris. Une heure plus tard on a perdu la piste, les gourdes sont vides et on voit que le guide lui-même ne sait plus vraiment où il est. Alors, civilisations des satellites ou pas, on comprend que personne ne viendra vous chercher.

Je suis souvent retourné dans le désert, au Tchad en particulier, dans les années 1970, au moment où tout le monde pensait que les Toubous étaient des loqueteux. Mais de tous les habitants du désert les

Touareg sont les seuls à être écartelés entre autant de frontières.

Je les ai pourtant vus résister sans difficulté à la civilisation occidentale. Il se sont adaptés, sans perdre un pouce de personnalité. Pendant que nous tournions *La Captive*, ils arrivaient en Toyota. Ils sont ouverts sur le voyageur, l'étranger, l'occidental. Ils sont touareg, mais au XXe siècle, pas au XIXe siècle. Leur façon de vivre est à deux doigts de ce qu'on cherche en Europe, où le rêve s'appelle marché commun, c'est-à-dire quelque chose sans frontière. Les Touareg n'ont perdu ni le sens de la famille ni celui de la religion en vivant sans frontières. Finalement, quand on songe à Maastricht, on serait presque en retard.

Quel est l'avenir des nomades ? On ne préservera pas les Touareg en les mettant dans des réserves comme les Américains ont fait avec leurs autochtones ou les Australiens avec les Aborigènes. Les Touareg ne sont pas aliénables, ils ne militeront jamais pour la sécurité sociale ou une pension militaire, ils ne seront jamais saouls dès neuf heures du matin comme les Aborigènes d'aujourd'hui. Toute cette capacité de résistance tient entre autres à une distance vis-à-vis de nous. On trouve rarement un Touareg pour nous tutoyer, et dans leur vouvoiement on oublierait presque qu'on n'est qu'un Blanc infidèle.

Finalement le monde se partage en deux. Il y a ceux qui vivent à la campagne et ceux qui vivent à la ville. La campagne est nécessaire, et les Touareg sont de la campagne. Si je me suis senti si bien dans le désert, c'est parce que je suis né dans une petite ferme près de Villefranche-sur-Saône et que les Touareg râlent comme râlait mon paysan de père. Ils ont la même parano, jamais content, il pleut trop, il ne pleut pas assez, inquiétude sur le troupeau, le stress de l'accouchement.

MICHEL LEBLANC

rédacteur en chef à RTL

Mon histoire d'amour avec les Touareg date de 1960.

On m'avait projeté dans une drôle de guerre, surveillant une frontière que des hommes inconscients avaient tracée sur des cartes, puis sur le sable, sans tenir compte des nomades et de leurs habitudes.

Politiciens et militaires n'avaient pu imaginer, trempant leur stylo dans l'encre de l'indifférence, que des familles entières sans passeport, sans papiers, n'ayant de patrie que leur sable, de « biens » que leurs animaux, ignoraient le Niger, le Mali, la Libye, l'Algérie.

Pendant plus de trente ans, j'ai fait l'impossible pour être à leurs côtés, construisant dispensaire et école, à l'ouest d'Agadès, réalisant des rallyes humanitaires aux commandes (avec de nombreux amis) de l'association « Les camions de l'espoir ».

J'ai toujours eu besoin de les retrouver tout simplement pour être ensemble, comme les voyages lointains entrepris afin de se rapprocher de parents éloignés.

Ils sont ma famille, malheureuse mais fière, triste mais digne, pauvre sans conséquence, humiliée sans vengeance.

Au Sahel, comme dans presque tous les pays africains, il n'existe pas de transport ni de distribution. Alors les Touareg s'entraident, se regroupent, forment les caravanes pour survivre.

Au Sahel, 80 % des habitants n'ont pas accès aux services de la médecine moderne, alors les Touareg malades meurent en silence et dans l'indifférence d'autorités qui trop souvent les rejettent.

Au Sahel, 90 % des populations rurales n'ont pas accès à l'eau potable à distance raisonnable, alors les Touareg marchent avec les troupeaux, vers le puits le matin et le campement le soir. Ces hommes et ces femmes, je les ai côtoyés, je les ai observés, conservant en mémoire le regard des mères sur les enfants qui vont mourir, les visages des vieillards aux rides aussi profondes que les oueds dans lesquels ils installent leur campement, les enfants alignés, assis près des puits dans l'attente de l'eau indispensable à la vie.

Les Touareg, ce sont aussi les hommes, conduisant les caravanes entre Bilma et Agadès, retrouvant habitudes et gestes du passé.

Ces familles sédentarisées autour d'un point d'eau, d'une école et d'un dispensaire, transformées en paysans, troquant le sabre contre la pelle ou la pioche.

Ces artisans capables de créer les plus beaux bijoux avec des boîtes de Coca-Cola ou des ressorts de Land-Rover.

Ce sont ces enfants à qui des sœurs ou des pères blancs en brousse apprennent la couture, l'écriture, la lecture dans des écoles sans tables ni bancs.

Ce sont ces vieillards somnolant contre le flanc des dromadaires, au marché aux chameaux.

Les Noirs africains les appellent les « Blancs », et conservent dans leurs souvenirs les temps malsains où ces hommes des sables les vendaient comme esclaves. Les Noirs africains ne les adoptent pas, les craignent allant jusqu'à les rejeter même s'ils sont de même nationalité.

Ces Touareg, qui vivent dans des régions sans ressource aucune, demandent le partage qui depuis des années leur est refusé.

Lorsqu'on parle avec les jeunes, ceux du nord du Niger et du Mali, du sud de l'Algérie, ils ne comprennent rien et n'admettent pas l'impuissance que l'on a pour les aider. Ils ne savent plus s'ils doivent continuer à voyager, sans raison, sans espoir. S'ils doivent s'arrêter pour survivre, sans assistance, sans amitié.

Alors ils se révoltent comme le font les adolescents contre leurs parents, leurs amis, leurs frères, se demandant parfois, si comme toutes les minorités du monde – Indiens d'Amérique ou Afghans – ils ne seront pas exterminés, méthode infaillible pour définitivement régler le problème.

Comment expliquer à ces hommes que la lâcheté, comme eux, n'a pas de frontière ?

Jean-Francis Held

journaliste à L'Événement du Jeudi

La fréquentation, la rencontre du désert dans mes fantasmes et dans mes rêves ce n'est pas le métier mais plus une aventure affective personnelle qui n'a presque plus de relations avec le journalisme. Aujourd'hui, je n'écris plus d'articles sur le désert. Le départ fut forcément journalistique, pour comprendre et transmettre. Mais c'était surtout un immense désir de désert, qui est un produit de l'imaginaire. Comme pour certains la montagne, la mer, certaines sortes de monde. Par mes lectures même médiocres sur le désert, il y avait déjà une espèce de connivence. Dès que j'ai pu, j'ai saisi l'occasion d'y aller.

Par passion de la liberté, pour cette autonomie jubilatoire et exaltante qu'apporte l'immensité. Et puis il y a eu la rencontre avec la vie du désert : les premières méharées, un sentiment de liberté encore plus complète, une imprégnation plus forte : la sensation « d'être dedans ». La présence des nomades n'était parfois pas tellement importante, l'essentiel était de se couler dans ce monde, d'y éprouver des choses : la beauté est en prime. Les Touareg ce sont les hommes qui savent, qui sont là, avec cet extraordinaire sens de l'espace. Le contact est devenu plus intime. Mais après des dizaines de voyages, on reste des visiteurs. Le Touareg n'est pas un visiteur. Dans cette société traditionnelle, la vie, les choses, le monde sont plus chargés de sens que d'action. Contrairement à nos sociétés où l'on cherche à modifier les choses. Nous sommes trop pressés et étourdis pour donner cette charge de sens.

Mais aujourd'hui cette civilisation ne peut plus être traditionnelle parce que ses ressorts sont brisés. La colonisation, puis les sécheresses ont sonné le glas de ce mode de vie. Les Touareg y ont perdu leur prise sur le réel. Mais comment prendre le virage de la modernité ? Le moins mauvais serait d'essayer d'envisager un espace géographique et temporel de transition pour ne pas être décomposé ici et maintenant. Se préparer aussi pour l'avenir, en gardant l'éthique et la culture morale mais en changeant le mode de vie.

Parce que la modernité est invincible, elle dévore tout ce qu'elle touche. Bien sûr, il faut développer un système de résistance aux mauvais traitements, une tentative de défense politique. Mais ne jamais se laisser tenter par l'amour de la guerre. Les fins ne doivent pas se perdre aux dépens des moyens. Aujourd'hui, il y a cette angoisse de la recherche d'une identité de substitution et d'un destin. Et ça, c'est vraiment fondamental. Une révolte existentielle, en quelque sorte.

Jessica Ford et Richard Berry

comédiens

Ce n'est pas facile d'écrire mon amour pour ce pays.

Le Silence.

Ce silence sur l'infini. Cet infini silence occupé, vécu par des bruits de vie.

Calme.

Calme, le bêlement des chèvres, le son de quelques femmes pilant le mil dans une cour voisine, calme le rythme d'un tam-tam qui s'élève au loin. Parfois fête, parfois...

Calmes les cris des enfants qui ne pleurent jamais.

Calme la caravane presque muette qui passe, en route depuis si longtemps et pour si loin.

Les longues heures à l'ombre d'un soleil sec et brûlant.

Les soirs de pleine lune où tout ce qu'on entend est le frottement de ses propres vêtements sur des brindilles desséchées, le bouillonnement de la théière sur les braises.

Paroles étouffées, rire, gaieté.

Ces femmes si belles, vêtues de noir et de rouge, qui devant le faisceau des lampes torches cachent leurs visages par coquetterie en gloussant.

Une petite main d'enfant qui vous saisit, venant de nulle part pour vous guider, vous aimer tranquillement.

La nuit. Juste la lueur vacillante d'une lampe tempête. Quelques enfants dorment sur le sol. Une femme, couchée sur le grand lit, tient enveloppé dans un pagne son bébé de trois jours. Elle attend le retour de son mari, espérant qu'il sera là pour le baptême de l'enfant.

Ailleurs, le jour, cette autre femme accroupie dans le coin d'une pièce, dénudée, tournant le dos aux hommes qui sont venus lui rendre visite. Elle est couverte de noir. Elle parle d'une voix monocorde au défilé des femmes qui entrent et sortent. Au-dehors, une petite fille joue en chantant.

Cette femme-là est en deuil.

En deuil et enceinte.

Son mari vient d'être tué.

Ces gens qui vivent avec si peu de choses, qui réussissent à faire exister des « jardins » merveilleux où poussent tomates, choux, carottes, mil, blé, grenadiers, orangers, citronniers au milieu du plus grand désert du monde.

Ces hommes qui savent, qui savent la vie et la mort.

Et puis, le bruit monstrueux des obus qui tombent détruisant les montagnes et les oueds, le crépitement des fusillades qui massacrent un peuple.

Les cris, les pleurs...

Pourquoi ?

Nous essayons d'imaginer ces hommes, ces princes vêtus de treillis, portant des kalachnikovs, cachés au fond des montagnes, là où personne ne montait, de peur des mauvais esprits.

Ils sont partis, ont quitté leurs femmes, leurs enfants pour crier, pour se battre, pour se faire entendre.

On a essayé de sédentariser et d'ignorer les nomades et le plus fou est qu'ils semblent réussir à déstabiliser l'armée grâce à une arme majeure :

Leur savoir. Leur sagesse des lieux. Leur nomadisme ancestral.

Nous souhaitons du plus profond de notre cœur que l'on puisse entendre pour toujours ces salutations éternelles.

Oyiwan Alkher GHAS!
TAGODAYA Alkher GHAS!
TASKHAM Alkher GHAS!

Ce qui veut dire :

Et la famille ? ça va !
Et le pays ? ça va !

François Siegel
directeur de VSD

J'ai rencontré les Touareg dès mon premier voyage en Algérie, en 1970. Avec quelques amis, nous étions partis à bord d'une Land-Rover pour sillonner le Sahara. En fait nous n'avons pas été loin. Nous avons beaucoup musardé en Algérie sans nous enfoncer véritablement dans le désert. Mais, un jour que nous revenions sur Alger, nous avons pris un jeune stoppeur touareg, près de Tamanrasset. Nous nous sommes très bien entendus le temps du trajet. Puis j'ai perdu sa trace. Pendant au moins quinze ans.

En 1979 eut lieu le premier rallye Paris-Dakar. En 1980, j'en étais. A la fois participant, concurrent, sponsor de l'épreuve, j'ai accompagné avec *VSD* toutes les courses jusqu'à 1986, date de la mort tragique de Thierry Sabine, l'organisateur de la course, et mon ami. En 1986, j'ai abandonné la voiture, et donc le désert, pour la voile, et je me suis alors lié d'amitié avec des marins. Un jour, un ami marin me confia qu'il avait envie de voir le Sahara. Nous nous sommes donc retrouvés à Agadès, au siège de l'agence de voyages de Mano Dayak, « Temet ». A discuter, du présent, du passé. Le marin parlait au Touareg, le Touareg parlait de son expérience des Blancs, il décrivit la fois, il y a longtemps, où de jeunes voyageurs l'avaient pris en stop entre Tamanrasset et Alger. Il avait donc fallu l'intervention de cet ami, un homme de la mer, pour que je réalise que Mano Dayak était le Touareg stoppeur de mes jeunes années. Nous nous étions côtoyés pendant toutes les années du Paris-Dakar sans jamais nous reconnaître.

Je me suis lié d'amitié avec Mano, et *VSD* avec le peuple touareg. Nous nous sommes revus fréquemment, l'aboutissement de cette union amicale est la vision unilatérale que j'ai de la question touarègue, et de mon engagement aux côtés de Mano. Le sens de l'amitié est de l'aider dans son combat, il se trouve de plus que le problème touareg ne heurte pas mes convictions. C'est de toute façon le combat d'une minorité contre une majorité régnante, de toute façon le combat difficile de faibles contre des forts. En ce sens, le spectacle qu'offre le monde ne se limite pas au combat touareg. Que ce soit en Corse, au pays basque ou dans l'ex-Yougoslavie, il s'agit toujours de la rébellion d'une minorité. Le peuple touareg lutte de plus pour sa survie.

Quel rôle concevoir pour des Français, trente ans après la décolonisation ? Mon rôle, au moins, est d'abord de faire pression, suffisamment pour que l'armée nigérienne stoppe toute exaction. Il semble de plus que ce n'est pas déchoir que d'imaginer une politique africaine pour la France, au moins de médiatrice, comme le demandent souvent les parties en présence.

Jacques Lanzmann

écrivain

Enfant, les Touareg me fascinaient déjà. Et pourtant je ne connaissais d'eux que les clichés rapportés par quelques coloniaux. Clichés, on s'en doute, très orientés, très proches du négatif. Ces Touareg, on les disait arrogants et fourbes, insoumis et sanguinaires. Moi, je m'en étais fait une autre image. Je les voyais comme des sortes d'Indiens, Sioux ou Cheyennes des sables, sans cesse à errer, sans arrêt à combattre parce que libres, donc indomptables.

Puisque les Indiens avaient, j'en étais sûr, la peau rouge, terme sous lequel on les désignait, les Touareg avaient donc forcément la peau bleue et fichaient une peur de même couleur à ceux qu'ils attaquaient.

Armés d'un long fusil, juchés sur leur chameau, ils fondaient soudain, mettant à mal une patrouille de la légion ou une caravane de marchands. J'entendais leurs cris de guerre se mêler aux blatérements des bêtes, aux coups de feu secs, aux bruits métalliques des épées qui s'entrechoquaient. Comme les Indiens ils résistaient aux envahisseurs blancs, ces « méchants » venus du nord, pour faire paître leurs tanks et leurs canons à travers les rubans de dunes.

Les Touareg qui défendaient leur maigre pâturage parsemé d'épineux étaient donc, eux aussi, un peu Geronimo et Sitting-Bull, un peu Jeanne d'Arc à Orléans, un peu Roland à Roncevaux, et même un peu Robin des Bois dans la forêt de Sherwood. Certes, je me mélangeais les pieds dans l'histoire, et la tête dans les mythes. Mais ma naïve référence à ces héros prouvait bel et bien que j'avais choisi mon camp : celui des plus faibles contre les plus forts. Celui des déshérités contre les mieux nantis...

Bizarrement, je dois ma sensibilité d'enfant de gauche aux minorités que les grands opprimaient ou massacraient en toute bonne conscience au nom de la religion et de l'espace vital. Oui, cette sensibilité de gauche, je la dois aux Indiens d'Amérique du Nord, que l'on se plaisait, dans les westerns, à réduire en bouillie, tout en justifiant l'épouvantable carnage. Aux Indiens, mais encore aux « romanichels » que l'on ne tolérait qu'à moitié à l'orée des villages, où ils laissaient leurs roulottes. Aux « romanichels », mais aussi aux Touareg du Hoggar et du Sahel qui défendaient leur droit à l'errance, cette liberté d'aller et de venir sans être contrôlés, fichés, vexés. Sans être accusés de tous les maux de la terre comme ces pauvres gitans que l'on disait voleurs de poules et d'enfants. La comparaison s'arrêtait là, car si les « romanos » nomadisaient dans nos campagnes, c'est nous qui occupions le territoire des Touareg.

J'ai compris très tôt qu'il s'agissait là d'un peuple rare rejeté au désert depuis la nuit des temps par de plus puissants que lui. Un désert duquel il avait fait son bastion, son dernier rempart au prix d'énormes sacrifices.

Plus tard, j'ai appris que les Touareg n'étaient pas bleus. Ni bleus, ni tout à fait blanc-bleu. Enfermés sur eux-mêmes depuis des siècles, à la fois intouchables et si vulnérables, ils ont été tentés d'en sortir, tentés de faire subir à d'autres un peu de ce que l'on leur avait infligé. Tentés de desserrer le carcan et même d'imposer leurs lois. Il y a longtemps de cela, très longtemps, mais en Algérie, au Mali, au Niger, les Touareg ont fait trembler les ethnies majoritaires. Celles-ci se souviennent encore des fameux rezzous, pillages éclairs du cheptel et des récoltes, qui s'apparentaient aux hold-up par leur vitesse d'exécution et la précision de l'action.

Voici des lustres que les Touareg ne pratiquent plus ces razzias, et pourtant, elles sont toujours présentes dans les mémoires. Présentes et même sciemment entretenues, comme l'est encore, chez nous, la mauvaise réputation des gitans.

D'histoires en histoires, de rumeurs en médisances, d'incompréhension en incompréhension, le Touareg est donc devenu l'homme à éviter, à fuir. Parfois, hélas, l'homme à abattre. Pire, le peuple à exterminer.

Dure réalité. Aujourd'hui, le Touareg n'est Seigneur du Désert que dans notre imaginaire d'Occidental. On le respecte, on le comprend. On recherche sa présence. On apprécie sa compagnie. On reconnaît son intelligence, son instinct, la grâce de son geste. On lui prête charisme et magie, toutes sortes de qualités que nous craignons de ne plus posséder. Bref, le Touareg nous fascine. Il nous aide à saisir le désert. Il nous réconcilie avec la solitude. Il nous invite au retour aux sources. Il nous remet dans le droit chemin de la vie.

Paradoxalement, sa vie à lui boite de plus en plus. Il a faim, il a soif, il a froid. Il est seul, tout seul. Chez lui, là où le désert finit, là où commence la brousse ou le béton, là où il y a le plus grand nombre de dominants, il est banni, avili, persécuté, mis au banc des accusés. On tue ses bêtes, on empoisonne ses puits, on viole ses filles. On veut en faire un esclave, ou bien alors un moins-que-rien.

Fier, le Touareg sursaute. Indomptable, il pense à prendre les armes. Celles-ci ont déjà parlé. Et avec elles, on a entendu la plainte des torturés, vu le désastre des représailles.

Il n'est peut-être pas trop tard pour éviter le pire. Deux solutions : ou bien on lui obtient – et on lui confie – sa propre liberté ? ou bien, ingérence oblige, on l'aide à l'acquérir par la force ?

Je ne vois pas de troisième voie...

III

Dimensions politiques

Bernard Stasi

député-maire d'Épernay

J'aime le désert, j'aime beaucoup le désert et j'y vais souvent, pas aussi souvent que je le souhaiterais, hélas!

Pour moi, le désert, c'est un lieu d'évasion, de rupture avec le monde, un espace où se déploie le rêve, et c'est pour cela que j'éprouve le besoin de m'y plonger de temps à autre.

Mais le désert, c'est aussi à mes yeux, un lieu habité. Habité par un peuple qui, par sa présence, par son histoire, par sa noblesse contribue à la légende, au mythe du désert. Dès le premier contact avec les Touareg, on sent que c'est un peuple qui vient de loin, du fond de l'horizon, du fond de l'Histoire, un peuple libre et fier, qui poursuit sa route.

Je garde un souvenir très fort d'une de mes premières rencontres avec les Touareg. C'était il y a une vingtaine d'années. Avec des amis, nous avions décidé d'aller de Tamanrasset à Tinzaouaten, à la frontière entre l'Algérie et le Mali. Nous avions entrepris cette expédition dans des conditions assez aventureuses. Il n'y avait pas de piste, nous voyagions à bord d'un vieux camion et le guide qui nous accompagnait ne savait s'orienter qu'avec les étoiles... c'est dire que, le jour, il n'était pas d'une grande utilité. Nous nous sommes perdus et nous nous sommes trouvés à court de fuel. De façon providentielle, nous sommes arrivés à un campement touareg. L'accueil que nous y avons reçu reste pour moi un souvenir exceptionnel et jamais thé ne m'a paru aussi succulent que celui que j'ai bu, ce jour-là, sous la tente.

J'ai eu de nombreuses occasions, depuis, de rencontrer des Touareg, que ce soit dans le désert, ou bien dans des villes comme Tamanrasset, Agadès ou Niamey. Ce qui frappe au premier abord, c'est la noblesse du maintien, c'est une impression de droiture, que le Touareg soit à pied ou à dos de chameau. Cette noblesse, cette droiture, ce sont aussi celles de l'âme. On sent qu'on a affaire à des êtres différents, à certains égards exceptionnels, à des êtres qui ne sont pas pollués par une civilisation matérialiste, qui ont conservé en eux comme une sorte de pureté originelle.

A leur contact, on ne peut s'empêcher d'éprouver une certaine nostalgie, la nostalgie d'une vie d'errance et de liberté, d'un monde sans limites et sans frontières. On a envie de se mettre en route, pour aller de l'autre côté de l'horizon, et on éprouve parfois la souffrance de tout ce qui nous attache, de tout ce qui nous retient, de tout ce qui entrave notre disponibilité, de tout ce dont on aimerait pouvoir se dépouiller pour partir...

Ce peuple touareg, qui porte, dans son histoire et

dans son âme, quelques-uns des plus beaux rêves de l'humanité, ce peuple dont la disparition serait, pour notre planète, comme l'effacement de plusieurs étoiles dans le ciel, ce peuple doit vivre, doit continuer à vivre.

Aussi, je suis avec beaucoup d'inquiétude l'évolution de la situation au Niger, comme dans les autres pays, où ils éprouvent des difficultés.

Il ne m'appartient pas de dire où est la solution dans le conflit qui oppose les Touareg à certains gouvernements. Je n'ai pas le sentiment que la création d'un État touareg indépendant soit la formule idéale, mais c'est aux intéressés qu'il appartient de choisir la meilleure formule.

L'essentiel, c'est que soient reconnus leur spécificité, leur dignité, et aussi leur droit à recevoir leur juste part des richesses produites par l'exploitation des mines d'uranium qui se trouvent dans la zone qu'ils fréquentent. Leur droit, aussi, à avoir des écoles, à sauvegarder leur culture, leur différence.

La France, qui entretient, depuis longtemps, des relations privilégiées avec les Touareg, doit user de son influence auprès des gouvernements concernés pour qu'ils manifestent à ce peuple le respect, la considération auxquels il a droit.

Gérard Chaliand

écrivain spécialisé dans les problèmes politiques et stratégiques du monde contemporain

L'effondrement du système communiste en Europe centrale et danubienne et dans l'ex-URSS a soudain fixé l'attention sur les crises dont une grande partie provient de questions nationales ou de minorités.

Rien d'étonnant à ce que la dislocation d'un Empire communiste ou non, au terme d'un ordre imposé plus ou moins longtemps, provoque à l'heure du nationalisme moderne des tensions et des conflits. Ainsi en a-t-il été au début du siècle avec la disparition de l'Empire austro-hongrois et l'agonie de l'Empire ottoman. L'après-Seconde Guerre mondiale avait été du point de vue politique marqué par deux phénomènes : le conflit Est-Ouest et la décolonisation. Cependant, l'observateur attentif ne pouvait manquer d'être frappé par le fait que les lendemains de décolonisation provoquaient de nombreux mouvements de revendication minoritaire. En 1961, les Kurdes d'Irak prenaient les armes pour obtenir un statut d'autonomie. Dès 1962, des heurts sanglants opposaient, au nord du Mali, l'armée et des Touareg. Dès 1966, les populations du Sud Soudan s'insurgeaient contre les centralisations de Khartoum, les Erythréens se refusaient à devenir une province de l'empire d'Éthiopie, dès le début des années soixante. D'autres minorités qui n'avaient pas pris les armes n'en étaient pas moins discriminées ou subissaient une politique d'assimilation : Tibétains, Berbérophones d'Algérie, Kurdes de Turquie, etc.

En Europe et en URSS, Albanais du Kossovo (Yougoslavie), Hongrois de Roumanie – comme plus tard les Turcs de Bulgarie – étaient systématiquement discriminés tout comme en Union soviétique les Juifs, les Tatars de Crimée, et bien d'autres.

Les Nations au sens moderne du terme apparaissent avec la Révolution française. Le modèle de l'État-Nation s'impose progressivement en Europe occidentale, l'unité allemande ou italienne ne date que du milieu du XIXe siècle. Ces conceptions nouvelles autour de l'idée de nation n'aboutissent pleinement en Europe qu'au lendemain de la Première Guerre mondiale avec l'apparition des nouveaux États créés grâce notamment au président américain Wilson sur les ruines de l'Empire Habsbourg. L'Empire ottoman fait bientôt place à la Turquie moderne (1922), une demi-douzaine d'États nouveaux se créant après sa chute.

Jusqu'à une date récente, les minorités étaient strictement religieuses. Sous la royauté on était catholique ou protestant ou juif, et l'identification religieuse était si forte que de nombreux protestants préférèrent quitter la France après la révocation de l'édit de Nantes. La fondation de la Nouvelle-Angleterre est due à des puritains. Dans l'Empire ottoman jusqu'à l'apparition du nationalisme moderne une grande tolérance est observée durant des siècles. On était musulman, chrétien ou juif. Les minorités religieuses jouissant d'une autonomie de gestion pour leurs affaires communautaires. L'introduction de l'idéologie majeure de l'Europe du XIXe siècle, le nationalisme, disloquait l'Empire ottoman au terme de violentes péripéties à la veille et durant la Première Guerre mondiale. La dimension ethnique est progressivement considérée comme de plus en plus importante et le référent n'est plus de façon exclusive ce qui définit une communauté de destin. Désormais, dans de très nombreux pays, le nationalisme du groupe majoritaire et une fréquente centralisation allaient concourir à opprimer d'une façon ou d'une autre des minorités, quelles soient religieuses, linguistes ou ethniques. Cette oppression est d'autant plus pesante dans les pays nouvellement indépendants qu'on y a mieux assimilé les fonctions régaliennes de l'État que les droits des citoyens.

Le droit international mentionne pour la première fois le concept de minorité au lendemain du traité de Berlin (1878) en terme de protection au sujet des Balkans (Bulgarie). Cette protection reste lettre morte. Il faut attendre la fin de la Première Guerre mondiale pour qu'un droit des minorités soit reconnu au moins pour ce qui concerne l'Europe. Mais dans la pratique, la Société des Nations ne donne aucun recours aux minorités discriminées. Il s'agit pour les États d'« affaires intérieures ». Presque tous les États d'Europe centrale et danubienne, la plupart fascisants, oppriment leurs minorités au cours des années 30. Quant au régime hitlérien il revendique protection et rattachement de ses propres minorités avant la guerre (Sudètes) et s'appuie pendant la guerre sur les minorités nationales (Slovaques et Croates). La Seconde Guerre mondiale et ses lendemains voient disparaître dans des conditions atroces quelque 6 millions de juifs et de tziganes – minorités aterritoriales – et bientôt l'expulsion d'URSS et des démocraties populaires de 12 à 14 millions d'Allemands vers la République fédérale d'Allemagne.

L'homogénéité ethnique d'un certain nombre d'États d'Europe : Pologne, Hongrie, etc., aura été payée de ce prix. Aussi le problème pouvait-il sembler, en dehors de la Yougoslavie qui a toujours représenté une délicate mosaïque, passablement réglé en Europe jusqu'à l'éclatement du système communiste.

Il a fallu les affrontements du Haut Karabagh entre Arméniens largement majoritaires et voulant user du droit à l'autodétermination et Azeris d'une part, et d'autre part les conflits de Yougoslavie, pour que les opinions publiques et les chefs d'État occidentaux se rendent compte que les problèmes de minorités ne se rapportaient pas qu'au passé.

En Europe, en dehors de la Yougoslavie où le problème albanais entre autres est loin d'être résolu, des problèmes de minorités conflictuelles existent en Roumanie (minorités hongroises et tziganes), etc. Dans l'ex-Union soviétique le Caucase a potentiellement le caractère explosif des Balkans, comme zone de refuge montagnard où se côtoient groupes ethniques et religieux aux traditions souvent hostiles. Le Haut Karabagh ne restera sans doute pas un cas isolé. Ailleurs les diverses minorités russes installées souvent de façon récente dans les pays aujourd'hui indépendants peuvent être l'objet de tensions. En Asie centrale les Uzbeks par exemple représentent des minorités non négligeables dans divers pays et peuvent être l'objet de rejet. Cependant il faut rappeler qu'en Russie proprement dite les Russes représentent une écrasante majorité. La plus nombreuse des minorités territoriales à l'intérieur des frontières de la Russie est celle des Tatars qui ne constituent que 4 % de la population de la Russie.

Dans le sud de la planète les problèmes de minorités pour avoir suscité moins d'émotion n'en sont pas moins cruciaux. En dresser un inventaire serait trop long : musulmans des Philippines, minoritaires ethniques ou religieux de Birmanie, autochtones de Timor-Est massacrés depuis 1975, en Inde Sikhs et autres minorités religieuses ou ethniques, Tamouls du Sri Lanka, Kurdes d'Irak, d'Iran, de Turquie et de Syrie, Palestiniens de Cisjordanie et de Gaza toujours privés du droit à l'autodétermination, etc.

Deux constatations s'imposent : aucune loi internationale ne garantit le droit à l'autodétermination à l'échelle de la planète contrairement aux droits de l'Homme mais qui, eux, sont des droits individuels non de groupes. En fait la charte des Nations Unies ne s'est nullement occupée des minorités.

Si la Conférence pour la Sécurité et la Coopération en Europe (C.S.C.E.) a proclamé il y a deux ans une charte très avancée concernant la protection des minorités et leurs droits, aucun mécanisme international n'existe pour dénoncer ou condamner un État qui, de façon flagrante, discrimine ou opprime une minorité. En s'abritant derrière le droit de régler souverainement leurs affaires intérieures, bien des États violent les lois et les chartes qu'ils se sont par ailleurs engagés à respecter. Jusqu'à présent seule l'Afrique du Sud a été dénoncée et boycottée pour sa politique raciste. Cet exemple ne devrait pas rester exceptionnel. Les ingérences devront être, avec le temps, moins timides lorsque les violations paraîtront par trop flagrantes et à cet égard les opinions publiques peuvent jouer un rôle non négligeable.

En Afrique les conflits sont presque tous, sinon exclusivement, d'ordre ethnique, et non point religieux. En dehors des conflits qui existent ou qui se manifesteront en Afrique tropicale, il est important de signaler une ligne de fracture qui d'ouest en est va des confins sénégalo-mauritaniens en passant par le Nord Mali, le Nord Niger, le sud du Tchad et du Soudan et s'en va mourir aux confins somalo-kenyans. Cette ligne ne sépare nullement Musulmans et non-Musulmans, mais l'Afrique négroïde de celle qui ne l'est pas, ligne de fracture qui sépare nomades guerriers et agriculteurs sédentaires et, sur le plan historique, esclavagistes et esclaves. Faut-il ajouter que cette ligne de partage est chargée de ressentiment au Sud et qu'elle n'est pas exempte au Nord de mépris.

Touareg

J'étais en septembre au nord du Mali, à Gao et à Tombouctou. J'ai pu y constater les premières opérations de répression menées par la jeune armée malienne contre les Touareg. L'indépendance venait de transformer en frontières les lignes de partage administratives coloniales. On n'avait jusqu'alors pas cherché à fixer les nomades; ceux-ci ne connaissaient pas de maîtres et ne voulaient surtout pas dépendre d'un État qui prétendait les sédentariser pour mieux les intégrer. Le jacobinisme hérité de la France ne pouvait guère faciliter de surcroît la mise en place d'une politique dans un État où la Nation n'existait pas et où cependant l'État se refusait à reconnaître une spécificité et des droits à ses minorités, notamment nomades. On ne pouvait par conséquent que déboucher sur un conflit.

Aujourd'hui il est devenu nécessaire de parvenir à un compromis : du côté Touareg l'acceptation que les temps ont changé et qu'il leur faut sauver l'essentiel : leur survie en tant que groupe. Du côté de l'État – et cela en dehors du Mali concerne le Niger, l'Algérie, etc. – consentir à ce que la mise au pas ne soit pas considérée comme l'unique solution et que statuts particuliers, droits locaux, décentralisations font partie tout autant que la démocratie de la conception moderne de l'État.

Albert Bourgi

écrivain

Il y a quelque paradoxe, à un moment où le Niger, à l'image de nombreux autres États africains, s'efforce de s'engager sur une voie politique nouvelle, qu'une fraction de la population, une des composantes de la Nation nigérienne en quête d'une liberté trop longtemps confisquée, soit laissée en marge de l'Histoire. Les travaux de la conférence nationale qui s'est tenue en 1991 ont mis en évidence, dans un même élan unitaire, la farouche volonté de tout un peuple de tourner une page de son histoire, de se réconcilier avec lui-même et de bâtir, enfin, une véritable citoyenneté. C'est dans cet esprit de rénovation politique que les massacres perpétués en mai 1990 à Tchin-Tabaradène ont été dénoncés et que leurs auteurs ont été à l'époque sanctionnés par les forces qui symbolisaient alors le désir de rupture avec les méthodes autoritaires de gouvernement.

Dès lors, tous les espoirs étaient autorisés et l'on se reprenait aussitôt à imaginer les solutions susceptibles de corriger les erreurs du passé et, pourquoi ne pas le dire, de réparer les injustices commises à l'encontre de populations dont l'appartenance à la communauté nationale a souvent été utilisée comme argument de pouvoir. Ces espoirs étaient d'autant plus permis que la marginalisation, voire l'ostracisme qui frappait les Touareg du Nord du pays, portait la marque d'une politique arbitraire dont les excès n'avaient épargné aucun secteur de la vie sociale. Sans compter que la revendication démocratique était l'expression de tout un peuple mobilisé contre les inégalités et les exclusions dont certaines étaient fondées sur la seule appartenance ethnique.

Mais, au fil des mois, la désillusion allait prendre le dessus. Elle était à la mesure des transformations politiques et sociales que chacun était en droit d'attendre des institutions de la transition mises en place par la conférence nationale. A la pratique répressive, souvent aveugle, de l'ordre ancien s'est progressivement substitué un attentisme tout aussi lourd de menaces, parce que porteur de surenchères politiques dont les populations touarègues risquent une nouvelle fois de faire les frais. Tournées exclusivement vers la conquête du pouvoir, les autorités de transition succombent hélas trop facilement aux discours électoralistes et versent presque inévitablement dans les dérives régionalistes ou ethniques. Autant dire que pareilles démarches s'inscrivent aux antipodes de ce qui constitue le fondement premier de la démocratie : l'égalité des droits et des devoirs des citoyens.

C'est à ce défi majeur de la construction nationale

qu'est aujourd'hui confrontée la démocratie à laquelle aspirent les Nigériens, et dont les contours ne sauraient se limiter à la simple adoption de textes constitutionnels ou législatifs aussi parfaits soient-ils. Dans le droit-fil de la participation populaire qu'implique sa mise en œuvre, la démocratie ne peut donc s'accommoder d'une quelconque exclusive affectant telle ou telle partie de la communauté nationale. Elle doit être avant tout le levain d'une lutte solidaire – celle d'une communauté de citoyens – contre le scandale de l'exclusion sous ses formes les plus variées : politique, économique, sociale et culturelle.

La perpétuation d'une société nigérienne à deux vitesses, avec en toile de fond les discriminations dont sont l'objet les populations touarègues ne peut que conduire à l'échec de toute expérience démocratique et hypothéquer toute politique de développement. C'est en puisant dans l'héritage socioculturel de la Nation tout entière que peut être reconstruite une « nouvelle société nigérienne ». Celle-ci passe par une revitalisation des liens de solidarité politique et l'assurance pour tous de garanties sociales fondamentales : l'accès à l'éducation, à la santé, à l'alimentation.

C'est à ce prix et à ce prix seulement que peut se réaliser pleinement la revendication démocratique. L'un des devoirs, sinon l'une des forces de la démocratie, est de garantir à toutes les composantes de la Nation le droit de préserver leur identité culturelle. Dans une vraie démocratie, l'identité ne doit pas dire le droit : c'est ce dernier qui doit être au service des minorités nationales.

Autant dire qu'un pouvoir qui se prévaut des valeurs démocratiques ne peut en aucun cas se livrer à une politique d'intégration forcée de populations dont le mode de vie ne s'apparente guère à celui du reste de la communauté nationale. L'ère de la suspicion, source de tant d'injustice et de répression, doit désormais faire place à celle de la confiance et de l'adhésion populaire. Les Touareg doivent rester maîtres de leur destin au même titre que tous les autres nationaux nigériens.

Noël Santoni
avocat à Niamey

La colonisation, je le dis sans contrition, a calmé les mouvements browniens qui agitaient les tribus de l'Aïr, mieux que n'avait pu le faire le sultanat instauré de longue date (XVIIe siècle), sous l'égide du Commandeur des Croyants alors à Istanbul. Elle a gommé les structures féodales, sans pour autant anéantir le besoin d'identité des hommes du désert saharien.

Dès 1959, une « Organisation Commune des Régions Sahariennes », invention généreuse de M. Houphouët-Boigny (eh oui !), s'était fixé pour objectif l'extinction du paupérisme saharien. Elle était apolitique. Je l'affirme et je peux le prouver envers et contre toutes les divagations insanes de certains journalistes. L'O.C.R.S., auprès de laquelle je représentais le Niger, utilisait les ressources pétrolières à la promotion économique et sociale de l'Homme saharien. Ses bienfaits sont visibles encore aujourd'hui. L'indépendance de l'Algérie, l'attribution des départements sahariens à cette nouvelle république, ont marqué la fin de cette entreprise bienfaitrice, dont l'action s'exerçait sur la quasi-totalité du Territoire nigérien (Agadès, Tanout, Tahoua, N'Guigmi... etc.). Seuls des excités, aveuglés par des slogans stupides, veulent y voir, aujourd'hui encore, une tentative impérialiste d'hégémonie... Alors comment est né le malaise ?

Il est notoire que la Garde Présidentielle du président Diori Hamani comprenait de nombreux Touareg. Qui se souvient que, lors du coup d'État des F.A.N., ils ont été massacrés ? Ils avaient des armes, mais peu de munitions. Le coup d'État ne les concernait pas...

Les grandes sécheresses des années soixante-dix et quatre-vingt ont décimé les populations, le cheptel et la faune. L'aide alimentaire internationale avait du mal à atteindre les campements lointains du Tamesna et de l'Aïr. La Jamariya libyenne dirigée par le Colonel illuminé a vite trouvé au Sahara nigérien la caisse de résonance de ses idéaux échevelés. L'exode vers Tripoli a commencé... Sa cause profonde tenait à des nécessités de survie ; à l'espoir d'une vie meilleure... Voire !!!

Le retour des émigrés s'est accompli dans la déception. Deux incidents sanglants ont mis le feu aux poudres. L'affaire de Tchin-Tabaradène a allumé les rancœurs. La rébellion s'est installée naturellement.

Dès l'avènement de l'indépendance du Niger fut créé un ministère des Affaires sahariennes et nomades : cette institution ne manquait ni de lucidité, ni de pragmatisme. J'étais alors représentant d'Agadès au Parlement nigérien... Ma circonscription représentait les sept douzièmes du territoire. En fait le ministère précité avait en charge les problèmes de toute la zone désertique, ceux des Touareg, des Toubous, des Peulhs, des Arabes vivant, survivant au mieux à la lisière du désert.

Par un phénomène de rejet qui consiste à démolir à tout prix le « statu quo ante », l'idée fut abandonnée. La suite est connue. Elle est rappelée pour mémoire.

Nul ne peut l'approuver. La rébellion est aveugle. Les innocents sont injustement frappés sans comprendre. Morts et otages... victimes d'une cause exaltante pour les uns, criminelle pour les autres. Si l'on veut bien se souvenir que les dissidents sont des fils du Niger, la voie de la paix et de la réconciliation doit être cherchée par des moyens réfléchis.

Il faut savoir que, lors des travaux préparatoires de la future Constitution du Niger, l'idée de « résistance à l'oppression » a été suggérée. J'espère qu'elle ne figurera pas dans l'Acte Constitutionnel. Ce serait ouvrir la porte à tous les abus, une incitation à la révolte légitimée à l'avance.

Il ne faut pas s'arrêter à l'exploitation que les médias se complaisent à faire de la situation du Nord Niger. En France la presse est libre, mais pas toujours informée. Le Sahara, terre de légende et d'épopée, passionne les Hexagonaux, ignorants de la gravité des problèmes. Il n'y a pas au Sahara nigérien que des nomades aventureux. Il y a aussi les citadins, les villageois, les oasiens..., tous sédentaires et qui ont droit à une égale considération.

Il ne faut pas souffler sur les braises pour faire jaillir les flammes. La Paix est une affaire de bonne volonté, de bonne foi, de conscience. Il faut parler, se parler d'un cœur sincère, ne rien mépriser, ni les hommes, ni l'histoire, ni la volonté de Dieu qui guide les actions des hommes sur la terre.

C'est pourquoi j'ai écrit ces lignes, pour l'amour de ma seconde patrie.

Edgard Pisani

Président de l'Institut du Monde Arabe

Les Touareg font partie de mon imaginaire depuis mon enfance, à la fois comme hommes, et comme errance, comme insoumission, comme plastique. Ils ont une gueule... Mais je ne les connaissais pas autrement, et je connaissais très peu le désert, jusqu'au moment où le président du Mali, Amadou Toumani Touré, désireux de pacifier son pays dont il assurait la transition démocratique, en 1991, me demanda de jouer un rôle de *bons offices*, de médiateur. J'eus à découvrir les Touareg, leur monde, leurs problèmes, ce qui les oppose aux majorités ethniques des pays auxquels ils appartiennent, et à imaginer les voies d'un compromis possible.

Les Touareg sont d'une extraordinaire capacité lorsqu'ils ont l'arme à la main, et d'une extraordinaire fragilité comme hommes. Ils n'ont pas leurs pareils dans le combat dans leur milieu. Mais le combat fini ils sont à la fois victimes et prisonniers d'un environnement toujours plus hostile. La nature et le monde sont de plus en plus insensibles à leur perception du temps et de l'espace. Ils savent qu'ils incarnent une authentique civilisation et savent en même temps qu'elle est menacée. Un jour que j'essayais de les convaincre d'accepter des orientations auxquelles ils n'étaient pas habitués, alors que je me heurtais de leur part à un refus buté, je leur ai demandé : mais, supposons que la négociation que nous conduisons aujourd'hui ne réussisse pas, combien restera-t-il d'entre vous dans chaque canton ? Ils ont été d'accord pour me répondre qu'il n'en resterait aucun. Assurés du sentiment de leur extraordinaire fragilité, ils se disent parfois victimes d'une forme de génocide. Car il y a des génocides actifs, et des génocides lents comme des combustions lentes. Nous avons essayé que l'on prenne conscience qu'il s'agissait d'éteindre une combustion lente.

Les Touareg ont un sens qui nous échappe à presque tous de l'espace et du temps. Ils ont dans les deux domaines, métaphysiquement essentiels, une relation avec l'infini. Pour eux l'espace est infini, pour eux le temps n'existe pas. Le premier grand moment historiquement conscient de l'évolution du peuple touareg est la fin de la colonisation. Car avant la décolonisation, Algérie, Niger, Maroc, Mauritanie et Mali étaient toujours sous législation française et ils allaient partout sans difficultés. Les frontières n'avaient pas la dureté et la rigueur qu'elles ont acquises depuis. La première donnée de la fin de la présence française fut donc la limitation de l'espace qui n'est plus infini.

La seconde donnée fut le renversement des puissances, des pouvoirs. Ils avaient mal accepté – mais s'étaient finalement accoutumés – de vivre avec la domination de celui qui venait de l'au-delà des mers. C'était un professionnel, le soldat français, il représentait une forme de tradition. Un *modus vivendi* avait été élaboré entre officiers méharistes et Touareg, fait d'amitié et de méfiance, de cruauté et de chaleur. Ces hommes avaient hérité d'une tradition de liberté, puis d'un compromis finalement relativement avantageux. Et voilà – comme me l'a dit l'un d'entre eux tout ça est de la faute de la France –, voilà qu'ils se retrouvent les esclaves de leurs anciens esclaves.

Il faut ajouter à cela une perception très cruelle et étalée de la race. Les Touareg sont profondément ethnicistes, l'idée de dépendre de peuples noirs leur a été longtemps tout à fait insupportable. Même s'ils ont touaréguisé les Bellas. Je me souviens d'une discussion sous une pleine lune, quand toutes les couleurs sont accusées, que le blanc est plus blanc que le blanc et le noir plus noir que le noir, dans la chaleur du débat mon interlocuteur me tapa sa main noire d'ébène en me disant : ... nous les Blancs... Il était touareg.

Le second événement marquant de l'histoire des Touareg est incontestablement la sécheresse. Le Sahara était, il y a quelques années encore, moins inhospitalier, moins invivable qu'il ne l'est devenu. On y vivait bien parfois. Il est vraisemblable qu'à une certaine époque, le commerce, la rapine, le rezzou aidant, le Touareg était sensiblement plus riche que le Noir. La sécheresse est venue, a cassé les équilibres, a exigé une certaine sédentarisation, a obligé les jeunes à partir. L'aventure hors des limites du territoire a commencé, c'est-à-dire la Libye, la Légion Islamique. La situation fut sans cesse plus critique de 1976 à 1991. A cette date Moussa Traoré accepta de cosigner à Tamanrasset un accord de cessation des hostilités, sans plus.

Cet accord engendra chez les Touareg un conflit intérieur très grave du fait qu'aucun des problèmes posés, d'identité et de survie, n'était résolu. Mais ils se sont accrochés à cet accord de Tamanrasset de janvier 1991 pour en réclamer l'application lors de l'avènement de la nouvelle démocratie malienne. Cette dernière avait alors d'autres chats à fouetter et négligea d'y consacrer l'attention convenable. On ne peut parler de mauvaise intention délibérée, mais la jeune démocratie malienne a laissé la bride sur le cou aux unités militaires du Sud. On a pu de même reconnaître chez les soldats de l'armée malienne un désir de ne jamais laisser impunies les attaques, et de s'en prendre à la population civile quand elle ne pouvait se saisir des rebelles eux-mêmes.

Ainsi est montée en puissance une très profonde révolte chez les Touareg, qui aurait pu menacer la cohérence du Mali au moment de sa démocratisation. Avec beaucoup de mesure, je peux dire que le hasard a voulu qu'un homme d'une exceptionnelle qualité, Amadou Toumani Touré, soit là. Il comprit immédiatement qu'il n'y aurait pas de démocratisation assurée tant qu'il y aurait une guerre intérieure, et que l'unité, dans ce pays jacobin, serait impossible sans adhésion de la minorité. Il a donc recherché la compatibilité entre la proclamation malienne d'intégrité et d'unité, et la revendication touarègue de diversité et de spécificité.

J'ai vécu, comme intellectuel assurément, comme négociateur sans doute et comme africain aussi, des moments merveilleux. A un moment donné, se posa la recherche purement conceptuelle des voies par lesquelles on pourrait faire coexister l'exigence d'unité et l'exigence de spécificité. J'ai été séduit, ému, par l'enfance politique de ces hommes – qui peuvent être diaboliquement malins – mais n'avaient jamais institutionnalisé leurs revendications. Ils s'accrochaient au mot de fédération sans se rendre compte qu'il ne résolvait rien aussi longtemps qu'on s'en tenait là. Ils franchirent le premier véritable pas en acceptant de considérer que ce que représentait cette fédération n'était pas susceptible d'être rompu, que le contrat était sans limitation de durée. L'important n'était pas de savoir s'il y avait fédération, mais qu'il n'y ait plus de différences entre le contrat et le statut, sinon dans les termes. D'où l'idée d'un pacte national et d'un statut particulier, que le texte accepté en avril 1992 à Bamako retrace.

Voilà mon aventure touarègue. Elle n'est à cette heure pas achevée, le président malien m'ayant proposé d'être une sorte de conseiller spécial pour la suite des négociations. Mais je peux souligner sans peine que, pour des raisons humaines – et je dirai aussi philosophiques –, le fait d'avoir été associé à l'analyse de la dialectique unité-diversité, la dialectique interraciale, constitue un des moments les plus forts de ma longue carrière.

IV

En guise de conclusion

Germaine Tillion

Ethnologue

Le grand désert terrestre a, comme la mer, des ouragans, des rivages paisibles, des oasis pareilles à des îles, des ports grouillants de vie où s'échangent les marchandises des deux mondes. Sur cette mer de sable dont l'étendue s'accroît dramatiquement, les textes et les fouilles archéologiques décèlent depuis vingt-cinq siècles (les vingt-cinq siècles qui nous séparent d'Hérodote, toute la durée de l'Histoire), la présence d'une population qui sut s'adapter à la désertisation, – probablement grâce aux coutumes d'alliances qu'elle avait héritées de plus anciens qu'elle. Les Arabes donnèrent à ce peuple de marins du désert le nom de Touareg, les hommes de l'Afrique profonde les appelle « les rouges », et un des premiers explorateurs venus d'Europe les nomma « les pâles conquérants ». Ces pâles conquérants, avant le siècle de l'automobile et des dévastations planétaires, étaient seuls à savoir deviner, tâter, flairer les pistes effacées par les tempêtes.

« Lorsque le vent de sable est si fort qu'on ne voit

plus rien, comment retrouve-t-on son chemin ? » ai-je demandé à un vieux guide.

– On a toujours des repères. Par exemple une étoile, ou l'ombre, ou quelquefois une montagne. Et quand le vent commence à souffler, il fait des cercles dans le sable. Alors on remarque l'angle du repère avec les cercles du vent. Car on les voit encore quand on ne voit plus rien. On peut aussi tâter le sable et reconnaître l'endroit. »

Savant dans les sciences de la nature, ce peuple sut respecter l'environnement le plus fragile de la planète bleue. « En ce qui concerne les puits existants, il n'est pas possible de faire mieux que les nomades », écrivaient les ingénieurs il y a plus de trente ans – mais il a perdu le contrôle foncier de son espace et de ses points d'eau, pour le plus grand malheur du continent africain. Sur ce continent, le peuple touareg, peuple de poètes et de mélomanes, est seul à avoir conservé une écriture née en Afrique. Il l'a conservée sans école et sans livre, et, inventeur d'un art de vivre, là où survivre est une gageure, il a fasciné tous ses visiteurs, depuis les premiers voyageurs de l'Islam jusqu'aux modernes écrivains de science fiction.

Aujourd'hui ce peuple est en train de périr. D'autres peuples sont en danger mais aucun n'est aussi menacé de disparition dans sa vie et sa culture.

Michael Stuhrenberg a collaboré à la rédaction de cet ouvrage ; Jérôme Strazzulla, Diane Galliot, Sophie Loizillon, Judith Stuhrenberg à la collecte des témoignages. Marie-Christine Bertrand, Francine Labrousse, Bertrand Selz et Jean-Marc Durou ont accompagné ce travail. Qu'ils en soient ici remerciés.

A tous ceux qui ont accepté d'engager leur nom et leur parole au service de la cause touarègue, va ma gratitude, et celle de mon peuple. Afin de répondre à l'urgence, le livre a été réalisé dans les plus brefs délais. En France, à l'étranger, certains de nos amis, empêchés par les circonstances, n'ont pu répondre à temps alors qu'ils désiraient manifester leur solidarité. Qu'ils ne le regrettent point : demain, à nouveau, nos chemins se croiseront dans le désert, le grand désert saharien ouvert à tous les hommes de bonne volonté.

M.D.

Crédits photographiques : Sygma/Simo et Jean-Marc Durou.

[illegible]

TABLE

Cet ouvrage a été réalisé par la
SOCIÉTÉ NOUVELLE FIRMIN-DIDOT
Mesnil-sur-l'Estrée
pour le compte des Éditions Lattès
en juillet 1992

Imprimé en France
Dépôt légal : juillet 1992
N° d'édition : 0210 – N° d'impression : 21480